BU FU QINGCHUN YEMAN SHENGZHANG

不负青春，野蛮生长

刘教练 / 著

要想理想丰满，必先野蛮生长。

百花洲文艺出版社
BAIHUAZHOU LITERATURE AND ART PRESS

图书在版编目（CIP）数据

不负青春，野蛮生长 / 刘教练著. — 南昌：百花
洲文艺出版社，2017.7
ISBN 978-7-5500-2332-1

Ⅰ. ①不… Ⅱ. ①刘… Ⅲ. ①散文集－中国－当代
Ⅳ. ① I267

中国版本图书馆 CIP 数据核字 (2017) 第 168904 号

出 版 者　百花洲文艺出版社
社　　址　江西省南昌市红谷滩新区世贸路898号博能中心一期A座20楼　邮编：330038
电　　话　0791-86895108（发行热线）　　0791-86894790（编辑热线）
网　　址　http://www.bhzwy.com
E－mail　bhzwy0791@163.com

书　　名　不负青春，野蛮生长
作　　者　刘教练
出 版 人　姚雪雪
出 品 人　柯久明　吴　铭
特约监制　郑心心
责任编辑　臧利娟
特约策划　郑心心
特约编辑　刘　迁
封面设计　辰星书装
经　　销　全国新华书店
印　　刷　北京市平谷县早立印刷厂
开　　本　880mm×1230mm　1/32
印　　张　7.5
字　　数　100 千字
版　　次　2017 年 7 月第 1 版
印　　次　2017 年 7 月第 1 次印刷
书　　号　ISBN 978-7-5500-2332-1
定　　价　35.00 元

赣版权登字：05-2017-280

目录
CONTENTS

第一章

你是岁月的酒，是清醒的开始和尽头

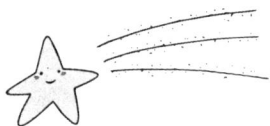

——究竟别人为什么会有这样的评价? 背后的原因是什么?

当你想清楚这一点, 就知道该如何面对别人的评价了.

别人的评价，到底要不要在乎？

大学毕业之初，我曾在一家为互联网企业提供基础设施服务的公司做客服工作。

入职的时候，我感觉同事之间关系都很好，对我以及和我同期加入公司的新人们，老同事们也给予了足够多的关照。那时候我充满了干劲儿，跟着公司的培训课程，学习各种相关知识，对待工作非常认真。一段时间以后，我已基本适应了新工作的节奏。

但是在入职两三个月后的某一天，部门的一个上司找我谈话，说不少老同事都觉得我这个人非常高冷、有点傲，让我注意一下，别太孤芳自赏，要和老同事搞好关系。

我吓出一身冷汗，心想原来有同事觉得我高冷，这可如何是好？

Bu fu qing chun
ye man sheng zhang
不负青春，野蛮生长

我可不想把同事关系搞僵，便将上司的话谨记在心，接下来的日子里，努力去迎合老同事。比如在聊天的时候，多去接他们抛出来的话题，有意识地问一些他们可能会感兴趣或者可能会愿意回答的问题。

比如对于有小孩的同事，多问问孩子的情况；对于有过留学经历的同事，多问问留学时的体验；对于工作经验丰富的老同事，多问问过去工作中的辉煌成就……

我的努力在一开始似乎颇见成效，但一段时间后，另一个上司又来找我私聊，说有些老同事觉得，他们和我一起聊天的时候，经常无法接上我谈的话题，让我注意下，尽量多聊聊他们所熟悉的内容。

这次我没有吓出冷汗，反而觉得有点儿精疲力竭，我已经在努力适应他们、融入他们了，却仍然没有得到认可。也许我和他们一起聊天时聊了十句话，他们就只记得一句听不懂的话吧？

其实我明白，太在意别人的评价，会让自己活得很累，但如果不去管这件事，又没办法顺利地工作。因此，那段时间我一直处于矛盾、纠结的状态中，对于自己能否做好这份工作、能否在公司顺利发展产生了疑问。

所以那段日子，我一直闷闷不乐，最后终于下定决心离开。

后来我辗转来到上海，进了广告行业。工作内容和工作氛围与之前相比都有了巨大的变化，并且遇到了一群十分有趣的同事。

在这里，没有人说我高冷，也没有人说我孤傲，大家十分聊得来，每个人都有自己的有趣之处。就算有些话题对方并不了解，也会很诚恳地尝试接触。我很享受这里的感觉，与这些广告人进行思维碰撞，各自发现对方身上的闪光点。

在这里，同事们给作为新人的我提出了许多意见和建议，总的来说，都对我很有帮助。我再也不用去刻意逢迎谁，能够发出自己真实的声音，也获得了同事们的认同。

仔细想来，"别人的评价"真的是一个很难处理的东西。

这世上有不少人为了自己的梦想，不顾家人的反对，不顾世人的鄙夷，走上一条少有人走的路，最终经过拼搏，获得了成功。他们说，我从不在乎别人的评价，我只听从自己的心声。

也有不少人，经过他人的批评，意识到自己的不足，听从了他人的建议而不断地提升着自己。他们从别人的评价中吸收有益的信息，逼着自己跨出舒适区，加速成长，获得了长足的进步。

那么别人的评价到底要不要在乎？

在回想这两次工作经历的时候，我似乎明白了其中的判断标准，那就是：

究竟别人为什么会有这样的评价？背后的原因是什么？

当你想清楚这一点，就知道该如何面对别人的评价了。

Bu fu qing chun
ye man sheng zhang
不负青春，野蛮生长

在第一次工作经历中，同事说我不合群、高冷，于是我尝试着改变。但最终他们仍旧对我不满意，我也依然很痛苦。这样的评价不止来自一个人，而是来自好几个老同事。如今想来，我发现他们其实有着十分相似的特质。

一是身在二三线城市的公司里，他们几乎不会换工作，所以对于同事关系非常看重；二是他们对于许多新鲜的事物丧失了好奇心，过得比较安逸。

他们错了吗？没有。

他们按照自己的标准，生活得很好，大家互相之间也非常友好。如果我想要继续这份工作，就必须被他们同化，而这就是他们对我做出那些评价的原因。

我错了吗？错了。

但我犯的错不在于我没有听从他们的意见，努力迎合他们，而在于我选错了公司，选错了行业，甚至选错了城市。因此，当我换了城市，换了工作后，一切便都迎刃而解了。

所以，有时候别人对你的评价本身并不重要，反而是他做出这些评价的原因，才是你需要真正思考并做出决策的。

这样的案例还有很多。

如果有人对你说：你怎么不回老家工作呢，在外面闯什么闯？你怎么还不结婚呢，不怕嫁不出去吗？你怎么会喜欢看书，看书多无聊？

这些话的背后，是他与你价值观不同，对你的所作所为嗤之以鼻，又想把自己的价值观强加给你。面对这样的评价，你需要做的不是反驳他，而是远离他，远离与你价值观差异巨大，并不停给你带来负能量的人。

当你的女朋友对你说：为什么你总是这么自私？为什么你总是这么幼稚？为什么你总是这么阴晴不定？

这些话的背后，可能是她的付出没有得到你的回应，或者是她没有得到应有的关心。如果你因为这些评价而生气，估计两人会大吵一架。如果你能够站在她的立场上，体谅她此时的心情，心中的怒气定会消解大半。

当然，你也会遇到很多忠言逆耳的情况，话说得很难听，但道理深刻，提出的建议也很有实用价值。遇到这样的情况，就算你一时半会儿难以接受这些建议，至少你也知道提出建议的人有值得你学习的地方。

除此之外，你还会遇到毫无道理的嘲讽谩骂，正如那些网络暴民在每日头条下面的狂轰滥炸，实际上没有任何价值，可以完全忽略。

想想看吧，小时候我们听过的，基本都是来自大人的表扬。有时候，甚至为了让亲戚们赞扬一句"真是懂事的孩子"，而

Bu fu qing chun
ye man sheng zhang
不负青春，野蛮生长

效仿孔融让梨。在做这些事的时候，有几个人是发自真心的呢？大部分都是为了虚荣心。

当年龄开始增长，遇到的人越来越多，环境越来越复杂，我们开始面对更多负面的评价。师长们说某些事是对的，我们就去做，说某些事是错的，我们就尽量避免。所以活了这么久，不光是心情，我们的行为，我们当前的样子，很大程度上也是吸收了外界的评判而形成的。

此外，我们对于很多事物的看法也深受别人的评价的影响。也许你高高兴兴地买了一件衣服，但有人非要说这衣服质量差、穿起来难看，于是你似乎也觉得自己犯了个错误。

本来你兴致勃勃地看了场电影，但有人却对该电影嗤之以鼻。大家的批判，让你开始怀疑自己的审美。影评、书评、服装的好评差评，尽管这些都是对我们十分重要的评价体系，但也不能完全依赖。

总的来说，每个人都会遇到各种各样的人，收到各种各样的评价。

透过评价本身，寻找他们做出评价的原因，能够帮助你认清自己与他们的关系，同时在追寻原因的过程中，你会对自己有更加清晰的认知，了解自己的喜好、特质、对人对事的最真实看法。这，才是更重要的。

——我相信每个人都渴望做自己喜欢的事，面对未来不再迷茫。但环顾周围，真正清楚自己喜欢做什么，并且正在做的人，只是少数。

Bu fu qing chun
ye man sheng zhang
不负青春，野蛮生长

如何确定自己要的究竟是什么？

一天，苏小姐在网上问我："嗨，你说我毕业之后应该去做什么啊？"

我回答说："做你想做的呗。"

她说："正因为不知道想做什么所以才问你的。"

我说："你自己都不知道自己喜欢做什么，别人怎么敢轻易做出判断？"

我和苏小姐是大学同学。大学期间她读书十分努力，经常获得奖学金，本科毕业后被保送到上海某重点大学读研究生。

当初我曾经问她为什么要读研，而不是直接工作。她说虽然自己成绩还不错，却暂时不知道自己要做什么，能做什么。眼前只有保研这条路，不需要花什么心思，而且父母也比较倾向于让她读研。现如今，她研究生也快要毕业，之前没有解决的问题，需要再一次面对了。

她之所以问我，也许是因为她知道我经历过一个从对前途迷茫到渐渐摸清自己方向的过程吧。

不单还在读书的朋友，已经工作的朋友也遇到了这样的困惑。另外一个朋友，目前在一家待遇很好的公司工作。由于公司业务发展迅速，他的岗位虽然发展潜力不大，待遇却很高。

我曾经和他聊过换工作的事情，他知道如果自己一直做现在的工作，职业发展前景会比较暗淡。但要他往自己倾向的行业或岗位跨出这一步，他又不甘心放弃现在的良好待遇。

实际上，就算要换工作，他也不知道自己适合做什么。

我相信每个人都渴望做自己喜欢的事，面对未来不再迷茫。但环顾周围，真正清楚自己喜欢做什么，并且正在做的人，只是少数。多数人从青春一直迷茫到毕业，从工作一两年一直困惑到工作五六年。

有许多工作多年的人，面对自己的工作完全提不起兴趣，明知自己不喜欢，却没有勇气换工作、换行业，在日复一日的生活中渐渐消沉。不是自己喜欢做的事，便难有激情，最后也难有更好的发展。

如果你还在读大学或者研究生，抑或刚刚开始职业生涯，

Bu fu qing chun
ye man sheng zhang
不负青春，野蛮生长

觉得自己目前做的事不是自己真正倾心的，就还有机会去寻找自己真正想做的事。

那么，如何确定自己真正想要的究竟是什么呢？结合我自己的血泪史和几年的探索经验，我总结了三个步骤，希望能够帮助到身边的朋友和正在看此书的你：

一、意识到问题的严重性

我的大学生活毫无规划。四年来我竞选过班委，加入过学生会和社团，还自己成立了新社团；我做过电话卡销售、动漫公司兼职、拓展培训教练，参加过各种竞赛；我组织了各种各样的活动，去 NGO 实习，结交了各路朋友。

多样的经历让我一度以为自己是一个懂商业模式的销售天才，所以大四找工作的时候，我最终去了一家广州的咨询公司做销售，理由是咨询公司听起来高端大气上档次，不仅有底薪还有提成，收入可观。

然而没过多久我便发现自己根本做不来这份工作。在纠结了两个月后，我选择了裸辞，开始一门心思找游戏策划的工作。理由是我喜欢玩游戏，而且游戏策划工资更高。我花了一个多月的时间找工作，却频频受挫，最后竟找了一份互联网公司的客服工作。

慢慢地，这份工作要求我掌握越来越多的网络技术，我开始发现自己是多么不擅长这份工作，但由于我不知道自己应该做什么，只能继续扛着。

在裸辞后找工作的过程中，我开始不断回想大学期间做过的种种事情，我发现我从来没有发自内心地沉浸于那些事，从来不曾因为做了那些事而真正获得内心的满足和快乐。我所有的忙碌、所有的奔波，带给我的都只有表面的虚荣。

我在无数个灰暗的夜里躺在床上思考：我到底喜欢做什么？我到底适合做什么？难道我之前的经历全是毫无价值的吗？有没有那么一件事，我在做的时候真正会感到快乐？

如果我从一开始就知道自己的方向，我一定不会过得如此波折，我一定能够沉浸在自己喜欢的事之中，充满战斗力。就是在那时，我意识到了做自己喜欢的事、了解自己真正想要的东西是多么重要。

二、深入反思并开始尝试

意识到问题的重要性的时候，我正在做那份互联网公司的客服工作。我开始反思自己，思考在过往的人生中，有哪些事是我擅长的，有哪些事让我获得了喜悦。

我一一剔除了大学期间做过的各种各样的事情，领悟到原

Bu fu qing chun
ye man sheng zhang
不负青春，野蛮生长

来自己喜欢写东西，喜欢刷微博了解时下热点新闻，喜欢尝试最新的互联网产品，习惯于接受不同维度的大量信息并在脑中整合。有一些好的习惯和兴趣，如读书、写字，毕业后我也一直坚持了下来。

但那时我不确定这些能力和个人特色可以做什么，于是我决定把写字作为一个工作之余的爱好继续下去。

在互联网公司做客服期间，我不仅开始努力写作，发到网络上，还联合一些朋友做了微信公众号，通过自己和朋友的力量，寻找身边某个领域的专家，向他们约稿，发一些原创干货。于是我熟悉了从申请公众号、运营公众号到选题、催稿等一系列工作，还认识了一些相关领域的牛人。

这是一个基于我自身特点的尝试，但那时的我根本没有想到，这个尝试对于我今后的职业发展和个人成长产生了多么长远的影响。

三、鼓起勇气，贯彻意志

在工作以外的业余爱好进行得热火朝天时，我在工作上却越来越不愉快。技术上的不擅长，与公司氛围的格格不入（具体在我的另一篇文章《别人的评价，到底要不要在乎？》中提到过），渐渐让我无法忍耐，于是我不得不再次离职。

从兴趣出发，结合自己以往的经验，我选择进入广告行业，做文案策划。

于我而言，这次辞职实属背水一战。虽然相对于从前的自己，我终于有了比较清晰的目标，但毫无行业工作经验的我，极有可能被拒之门外。而且，如果这次再迫于生活压力，违背自己内心的意愿，选择了不喜欢或者不擅长的工作，我的职业生涯将更加波折。

能够走出这一步，需要很大的勇气，因为你要面对一个陌生的行业，从头开始。对未知的恐惧，对自身信心的不足，都可能让人临时退缩。而一旦退缩，想要再次鼓起勇气，将难上加难。

好在最后我跨出了这一步，将自己的意志贯彻到底。尽管我没有工作经验，之前的写作经验和微信运营经验却帮了大忙，帮助我走进了广告圈。如今，充满新鲜事物的广告圈生活，让我乐在其中，各种有趣的广告人，让我有一种相见恨晚的感动。虽然广告文案的工作经常会面对客户的刁难和大量加班，但我仍庆幸当初做了这个决定。

这三个步骤算是我的经验之谈，对我而言，花时间最多的是前两步。我花了五六年的时间，才意识到做自己喜欢的事多么重要，以及自己应该往哪个方向走。

有时候我们沉浸在繁忙的工作中，没精力去考虑自己究竟想要什么，这实际上是在潜意识中用战术上的勤奋掩盖了战略

Bu fu qing chun
ye man sheng zhang
不负青春，野蛮生长

上的懒惰。比如我对于技术问题极为迟钝，就算看再多的书也学不会举一反三，但每次写起东西来，我总是得心应手，所以方向真的比努力更重要。

如果你也努力了很久，却发现自己进展缓慢的话，你应该抽出时间来仔细思考一下，看是否走对了路。

我身边也有一些朋友，一直就有着很明确的目标，一直在做自己喜欢的事情。他们没有经历过我这些煎熬的步骤就能一直做自己喜欢的事，让我很是羡慕。但对他们了解越深，就越会发现，每一个人能成为现在的样子，都与其所处的成长环境密切相关。

有些人家境富庶，从小衣食无忧，才会不在乎工作和待遇，去追求自我价值的实现。

有些人家族资源广人脉多，才会选择直接创业，完全不担心创业失败的风险。

有些人从小跟随父母接触商业业务，才醉心于商业模式的研究和咨询工作。

除了他们自己的努力，家族有形或无形的财富的累积，才让他们能够早早地看清自己的方向，并为之而奋斗。

对于大多数像我一样的普通人来说，的确是需要付出比别人更多的精力去思考和实践，才能让自己的人生焕发出更多光彩。

——当你丧失了好奇心的时候，你已经开始变得平庸，对新事物缺乏尝试的兴致，对新的朋友没有了解的欲望。

Bu fu qing chun
ye man sheng zhang
不负青春，野蛮生长

人生最寂寞的事，莫过于对世界失去了好奇心

　　大学的最后一个学期，我在广州一家公司实习。这是一家创业公司，老板每天都如履薄冰，所以给实习生的待遇也不是很好。

　　由于每个月的实习工资有限，我只得暂时跟同事挤在一个小房间里住。所谓的同事，其实跟我一样，也是实习生，只不过实习时间比我长几个月。我们都称他为栋哥。

　　平心而论，我与栋哥的关系一直不冷不热，不仅因为许多生活习惯的不同，更因为我们有不少观念差异。在我看漫画的时候，在我试用新APP的时候，在我对微信公众号侃侃而谈（那时候微信公众号刚刚兴起）的时候，栋哥总是投来不屑的目光。

　　我们这一批实习生近20人，来自全国各地。一起聊天的时候，

如果谈到一些栋哥不知道的事物，他常常会发出一声感叹："这是你们90后玩的东西，我们80后不懂。"

每当听到他这么说，我总会迅速反驳说："不懂就是不懂，这与90后还是80后无关，你不能代表一个年代的人。"

我的反驳总是让他呵呵一笑，然后谈话就转到了别的方向。

公司里还有一个同事，是与我同校的学姐，简称S姐。

一眼看过去，S姐给人一种宁静的感觉。据说她非常勤俭持家，总能想方设法省钱，虽然工资不高貌似也过得自得其乐。或许是因为她有个感情很好的男朋友在国外读研，等他毕业回国之后，两人就会结婚，所以她对现状没太多要求。

有天下班后，我留在公司帮S姐整理一些文件。我觉得气氛太沉闷，便打开手机放了一首日文歌，这时候她问："这是什么歌？"

我说："一首日文动漫歌曲。"

她"哦"了一声，然后问了一个让我始料未及的问题："你身边的朋友会不会都觉得你挺奇葩的？"

我无言以对，只得解释说，虽然我听日文歌，但是我身边并没有人觉得我奇葩。在我心中，因为我听日文歌而觉得我奇葩的人，反而才是真的奇葩吧！

Bu fu qing chun
ye man sheng zhang
不负青春，野蛮生长

这段工作经历发生在我初入社会的时候，当时我并没有思考太多。后来机缘巧合我到了厦门工作，才发现像栋哥和 S 姐这样的人，还有很多。他们是本地人，或许从来没有想去更广阔的世界里奋斗，或许也从来没有想接触更多新鲜有趣的事物，认识更多以超乎他们想象的方式活着的人。

那段时间微信已经可以用来支付，宋冬野已经红遍大江南北，滴滴打车还在赠送 10 块钱的代金券，而他们对此并不关心，或者并不接受。我发现我很难融入这群人。

然后有一天，我在一个只比我大一岁的同事的嘴里，又听到了那句熟悉的话："这是你们90后玩的东西，我们80后不懂。"

在厦门工作的那段时间，是我比较压抑的一段日子。为了给自己心中的不爽找个宣泄的出口，做一些自认为有趣的事，我联合了一些大学同学做了一个微信公众号。

公众号推送的内容五花八门，但都展示了生活的多种多样，告诉读者生活可以有不同色彩，有很多可以尝试的可能性。同时我开始写一些故事发到网上，渐渐地会收到一些不错的评价，这让我有了不断前进的动力。

最大的意外收获是，我还因此遇到了自己心爱的姑娘。如今看来，我所做的工作之外的事情，才是我那段经历中最宝贵的财富吧。

世界在变，人也在变，如果什么东西保持一成不变，那一定乏味极了。有一些朋友，每次和他们见面，都能聊得很尽兴，因为他们也一直在探索世界未知的东西，一直在吸收、思考、实践、进步。

我们的聊天总能碰撞出新的火花，彼此惊讶于对方身上的变化，同时暗下决心，决不能输给对方。不管是对人生有着明确方向并朝着目标不断努力，还是像我一样，对自己的认知从迷茫走到清晰，都是一个令人振奋和愉悦的过程。

当你丧失了好奇心的时候，你已经开始变得平庸。对新事物缺乏尝试的兴致，对新的朋友没有了解的欲望。于是你整天生活在自己的小圈子里，各种抱怨，于是当有新的机会出现的时候，你只能看着别人得到它。

当然我并不认为，你一定要对我正在做的事情感兴趣，你一定要知道最新的 APP 都有哪些，你一定要会用手机导航而不是只会看地图……我所讨论的只是一个人的心态是否是包容和开放的。

每个人都有自己擅长的领域和喜爱的事物，你不一定对别人的话题感兴趣，也不一定懂别人在说什么。但如果你的心态

Bu fu qing chun
ye man sheng zhang
不负青春，野蛮生长

是开放和包容的，你至少能够正确地看待你和别人的差异，坦然地接受自己在那些领域的空白，或者你至少拥有"可以一试"的心态。

后来有一天，我和之前关系很好的广州同事一起聊天，谈到了当初的那些同事。聊起栋哥，我们一致认为，他强调80后和90后，只是在为自己拒绝接受新事物、为自己丧失的好奇心寻找借口。

然后我得知，S姐的男朋友从国外回来后，跟她提出了分手。我最开始还挺惊讶，后来仔细一想，觉得这几乎是必然的。他经历了更大的世界，吸收了更多的东西，对事物有了新的看法，各种观念都有了变化。

也许他仍然爱她，可是他却发现，他和她已经无话可说，他们对事物的态度已经天差地别，最大的问题在于，这种差异只会扩大不会缩小，那么结局就已经显而易见。

跟我关系很好的同事比栋哥还要大两岁，已经快结婚了。跟我聊完S姐的事之后，又讲了她的看法。她说初中的时候喜欢过一个男生，现在小孩都已经会打酱油了，在当时的她眼中，那个男孩曾经优秀得耀眼。她自觉只有更加努力才能配得上他。

通过初中和高中的不断努力，她考上了一所还不错的大学。

某个假期回来,她偶然间遇到了那个男生,便约了一起吃饭。但在吃饭聊天的时候,她发现自己已经无法从他身上发现闪光的地方了。

"他大概没变,可是我一直在往前走,也许这就是原因吧。"她说。

如果把人当前的能力看作是速度,那么人的进步就可以看作是一种加速度。一直匀速运动,即使起点很高,也会被加速运动的人超越。而加速度还包括"方向"这个元素,也就是你自己未来人生的发展方向。

当你的加速度方向正确、数值又很高的时候,你才会往自己真正憧憬的方向飞奔。而对世界失去了好奇心的人,加速度几乎为零,他(她)的人生也会变得落寞无趣。

我想,对世界保持好奇心,不只是单纯地接受一些新事物、新的人,更重要的是,能够发自内心地吸收新事物中有益的成分,享受未知的刺激,经过思考和实践、尝试和总结,让自己的头脑更有思想,人生更加丰盈。

永远拥抱新鲜,永远保持年轻的心态,人生才会多姿多彩不寂寞。

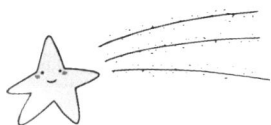

———一本好书就是一个知识体系，能够相对全面并且更有深度地介绍某一事物。通过读书，我能够更快地理解一些事物的本质。

当我阅读时，我在想什么

据说杨绛先生曾经收到过一封来信，写信的人是一位高中生。他在信中表达了自己的仰慕之情兼倾诉人生困惑，杨绛先生给他回了信。淡黄色的竖排红格信纸，毛笔字，除了寒暄和一些鼓励晚辈的句子之外，杨绛的信里其实只写了一句话，诚恳而不客气：

"你的问题主要在于读书不多而想得太多。"

我已经忘了自己是在什么时候看到这句话的，查遍网络也无从考证这个故事的真假，但"读书不多而想得太多"确实是包括我在内的大多数年轻人的通病。

曾经的我，并不能清楚地认识到读书的重要性，是一个胸无点墨的人。也正因如此，那时候我无知地为自己的小聪明而沾沾自喜，甚至目中无人。

就像希腊哲学家芝诺的那个比喻：假设你的知识是一个圆，圆周内是你所知道的，圆周外是你所不知道的。一个人掌握的知识越多圆越大，他所接触到的未知越多，困惑也就越多，所以学得的知识越多，越觉得自己无知。反过来，一个人掌握的知识越少，他反而会觉得自己什么都懂。

直到读大学的某一天，我去参加一个小型沙龙，现场来了一位大牛。那天沙龙讨论的主题是灵修，期间谈到了弗洛伊德、马斯洛、张德芬等话题。

大牛的话并不多，但给我的感觉是，在场所有人的知识储备加起来，都不如他一个人。其他人不懂的东西，他懂；其他人懂得的东西，他研究得更深、更系统。后来大牛私下里跟我说，他从中学开始，基本每年都会看100本左右各领域经典书籍。那是我第一次强烈意识到读书对人的提升是如此巨大，也认识到自己是多么无知，简直羞愧得无地自容。

在那之后，我开始了自己的阅读之旅，也从此开启了一片新天地。我很感谢自己当初能够做出这个决定。几年来我坚持读书，读各个领域的经典好书，虽然短时间内改变并不明显，但回过头来仔细想想，的确受益极大。

首先，阅读让我更加善于思考，让我发现了自己喜欢做的事，在无趣的生活中开辟出一块重要的阵地。

毕业后，我的职场之路走得异常艰难，纠结、无奈之下，我换了不止一份工作，换了不止一个行业，还换了不止一个城市。那时候我承受了很大的压力，一个人生活在陌生的城市，只有书籍一直陪伴着我。

阅读让我越发觉得我对这个世界和自己本身的了解十分有限，为了不再迷茫，我不断反思自己过去的经历以及身边的人和事。

我在阅读中学习生活的道理，在实践中领悟书中的真谛，渐渐变成了一个喜欢思考的人。然后我开始用写作记录读书之后自己的所思所想，以及自己的心情和经历，这不仅仅是排解压力放松心情的好方法，更让我找出了自己的问题所在。

同时，作为爱好，我开始有意识地锻炼自己的文笔。

每当我看完一本文学经典，都会模仿作者的风格写一些文字，有时候是故事，有时候只是片段。钱锺书的诙谐幽默，普鲁斯特的意识流，村上春树、东野圭吾的日系风，王朔的戏谑，我都模仿过。

随着对于文字的把控能力和领悟能力的提升，我认识了更

Bu fu qing chun
ye man sheng zhang
不负青春，野蛮生长

多的作者和编辑，也认识了不少广告界的朋友。那时候我才头一次理解了《挪威的森林》里，永泽说"把《了不起的盖茨比》通读过三遍，倒像是可以成为我朋友的人"的意义。

阅读把我带入了一个以前想都没想过的圈子，同时也激励着我不断提升自己。后来经过各种坎坷，我终于进入广告圈，真正找到了自己喜欢做的事，阶段性解决了工作上的困扰。

其次，我不再沉溺于社交网络、碎片化信息、热点事件，我意识到了从何处获取真正的价值。

对于一个空虚、无知的人，再没有什么比碎片化信息和社交网络的互动更吸引人的了。以前我会频繁地刷微博、刷人人网，和一些并不熟悉的人进行互动，追逐着网络上的热点，一是因为时间对我而言并不珍贵，可以浪费；二是因为我希望通过这样的行为找到存在感，或者找到自己在社交网络上的地位。

当一个热点事件爆发的时候，如果大家都在谈论而自己还不知道，会不会显得很无知？会不会显得跟不上潮流？会不会让自己缺乏谈资？

社交网络上很多精彩纷呈的文章，是不是能给我带来很多收获？是不是看一两篇文章就能把握住某些事情的精髓？是不是每天看一些方法论就能真的理解？以前的我确实会有这些想法。

而现在的我意识到，如果真想要学什么知识或技能，那就去看相关的经典书籍，虽然一本书需要相对较长的时间才能看完，但我认为这反而是最快的方式。

一本好书就是一个知识体系，能够相对全面并且更有深度地介绍某一事物，通过读书，我能够更快地理解一些事物的本质。在朋友圈中标题写着"深度好文"的文章满天飞的时候，我更愿意静下心来多看看经典好书。相对于碎片化学习，系统性学习对我的帮助更大。

当然我也不是完全排斥社交网络、碎片化信息和热点事件，只是我能够更清楚地区分，究竟什么是有帮助的，什么是故弄玄虚，应该花多少时间在这些事情上。阅读让我对获取信息和价值的途径有了更准确的判断。

最重要的是，我学会了多维度系统思考问题，逐步在大脑中建立了一个不断反馈和升级的认知系统。

记得当初在咨询公司实习的时候，听一个经济学研究生姐姐讲 PPT。她思路十分清晰，不断地向听众抛出问题，又不断给出解答，每一个解答又引出了下一个问题。她没有讲什么专业词语，语速也不快，我却犹如在听天书。

Bu fu qing chun
ye man sheng zhang
不负青春，野蛮生长

后来我才明白，我缺少最基本的知识，也就缺乏理解事物的基础。不懂最基本的标准，也就缺乏判断依据。缺少最基本的方法论和思考逻辑，所以无法跟上她的演讲思路。

而当我读经典书和专业工具书积累到一定量的时候，逐渐能够系统地从多个层面上思考问题了，对许多事物表象下的本质有了一定程度的认知，于是渐渐了解了一些基本的方法论。而其中的一些心理学和广告学书籍，不仅对我的工作有很大帮助，也影响了我生活的方方面面。

可以预见的是，我会不断碰到更多颠覆自己认知的事情，也会遇到更多现有的知识储备所无法解决的问题。但只要我头脑中的系统能够根据新事物不断反馈，总会把未知事物纳入已知的范畴，让自己对事物的认知得到提升，理解更多之前无法理解的事物。

就好比拼一块永远无法完成的拼图，你永远无法见到拼图的全部，但你知道拿着手上最新的一块，去找已有的版图中与之契合的部分来拼接，使之成为现有拼图的一部分，那就够了。

更多时候，阅读已经成为我生活中的一部分，再也难以分开。

阅读让我能够坦然面对甚至享受孤独，而不是在社交网络中寻找存在感，原先被分散的精力再度聚合起来，变得更加专注。

阅读为我打开了一扇又一扇新世界的大门，让我看到了更多或匪夷所思或美好优雅的世界的样子，这不仅仅是眼界的拓宽，也是格局的提升。

阅读让我变得丰富、独立，学会了如何与自己相处，更让我感受到了时间的珍贵。

阅读能够增加知识储备自不必说，也能够潜移默化地改变一个人的气质和与人交流的方式。我本身是争强好胜的人，多读了一些书之后，就好像是流氓学会了武术。

最后我想认真、诚恳、简洁地讲一个真实的经历：有一次我去参加一个读书分享会，然后在现场遇见了现在的女朋友。这才是阅读带给我的最好的礼物。

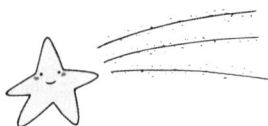

——有些时候，关系的本质其实就是各取所需。你能提供的价值，决定了别人对你的态度。

我只能靠自己，因为我没得选择

从大学开始，每年寒暑假，以及工作之后的春节假期，我都会找时间和几个关系不错的高中同学一起去网吧打游戏。

这个传统发源自高中时代。那时候我们都未成年，所幸网吧还没有今天这么严格的年龄限制，所以一般情况下都能顺利打游戏。为了打游戏，我们当时翘了不少学校的活动（不敢翘课），在网吧的椅子上，一坐就是一天。

常年网吧组队征战的经历，让我们之间结下了深厚的友谊，也让假期聚会打游戏这个传统一直保持至今。

但是今年回家的时候，我突然意识到，自己似乎对打游戏有点不那么热心了。虽然大学毕业之后，我就没怎么打过游戏，但是假期里不想和高中同学去网吧，这还是头一次。

Bu fu qing chun
ye man sheng zhang
不负青春，野蛮生长

我猛然发现，虽然是假期，但是还有许多事情需要做。我要每天看一部电影，总结一年的读书心得，持续更新公众号，看与工作相关的书，这些事情已经让假期的时间显得非常紧迫。

不知从何时开始，我变成了一个随时都有事情要做的人。上班时间努力工作，下班后抽时间看广告专业书，更新公众号，写影评书评，看更多工具书和文学经典。在地铁上想到好的句子会记在手机上，与朋友们的对话聊天，也经常变成文章里的素材，就连看《朝五晚九》，也在研究剧情的细节、发展和人物对话。

除了工作，我偶尔也会接一些私活，主要是软文。为了能够保证质量，我需要做不少的准备工作才开始动笔，还经常免费帮客户修改文章。负责任的态度和水准稳定的文章赢得了客户的认可，我便从客户那里接到了更多的业务。

不间断的努力，慢慢有了成果。这成果对我来说是一个正能量反馈，激励我继续学习与投入。

今年春节假期，罕见地与几个初中同学聚了一次，这个局是一个从国外回来的初中同学组的。说是聚会，其实一共只有四个人，另外两个人，一个在北京做金融方面的工作，正打算在职读研，另一个在读研究生，计划来上海读博士。

我与三个人都是很久没见，但初中毕业之后，从高中到大学再到毕业，我们一直保持着联系，偶尔也会打电话聊一聊自己的现状和对未来的打算。

我们一边吃饭，一边回忆各自能够想得起来的初中同学。随着饭局的进行，我们每个人所知的信息，渐渐拼凑成一个群像。最后有人总结：

当初成绩不太好的初中同学，如今大部分都混得不错，不少人因为关系进到了大国企和政府，但也只限于我们的家乡这样的小城市。而我们几个恐怕是为数不多的留在一线城市或出国打拼的人。

其实，除了一起聚会的三个人，我与大多数初中同学早就断了联系，就算勉强保持联系，也没有共同话题可聊。一线城市是相对公平的，只要你有能力就能够受到重用，不存在怀才不遇这种事。所以我每天想的都是如何进一步学习，如何提升自己，如何探索更多的机会。

我已然习惯了这样快节奏的生活，习惯了随处可见的便利店，也习惯了凡事依靠自己的能力去争取。而小城市里的人情世故、错综复杂的关系网络，是我一直厌恶的，也是我拒绝回去的原因。

Bu fù qīng chūn
ye màn shēng zhǎng
不负青春，野蛮生长

　　虽然我拒绝那样的生活，但我并不认为那样的生活有什么问题。我们每个人都有各自的生活方式，不同的生活状态让曾经的朋友渐行渐远、无话可聊，这本就是无法避免的。

　　最近有个朋友打算换工作，她已经收到了offer（入职通知），正打算辞职，结果老公家里人跳出来劝她不要跳槽，并列举了不少理由。

　　这个朋友是名牌大学毕业，毕业之后就进了当地一家国企工作，过起了朝九晚五的生活，没过多久便结了婚。就这样过了两年，看到平日里与她关系不错的朋友在工作和事业上都开始有了些起色，想到自己每天日复一日的无聊工作，她隐隐有些焦虑。

　　最终，她下定决心跳槽，没想到却被婆家人极力劝阻。她有点愤愤不平，找我聊天。

　　根据她提供的信息，我分析了一下，婆家人劝阻她的原因大概是怕她丢了国企的金饭碗，又没法找到有很好的发展前景的工作，这会导致她收入不稳定，影响生活质量。如果真的出现上述情况，她老公为了养家肯定会更辛苦。

　　对于她而言，除了受不了日复一日的无聊生活之外，跳槽还有另一个原因：证明自己。

在枯燥无趣的工作中，她已经迷失了方向，无法找到自己的价值。看到朋友们精彩的生活，她回想起大学里的自己也曾经憧憬过自由自在的生活，也曾经有着拒绝平庸的勇气和风风火火的做事风格。而现在她变得唯唯诺诺，瞻前顾后犹豫不决。她讨厌这样的自己。

最终，婆家人拗不过她，同意她换工作，然后戏剧性的一幕发生了：婆家人竟然通过关系找到了她要去的公司的老总，说如果她跳槽过去，可以有优待。这下她又郁闷了，本来是想证明自己，结果真到了跳槽的时候，又靠了关系。

在我看来，其实她大可以跳槽过去。为什么呢？因为"关系"也是能力的一部分，和颜值、学历、性格本质上是一样的东西。当然，我也完全理解她的郁闷：自己掌握关系并主动利用关系，和被动接受别人的好意，还是有很大区别的。

不过最终，她还是接受了婆家人的好意，去了那家公司。未来如何发展，就真的需要靠她自己的实力了。

有些时候，关系的本质其实就是各取所需。你能提供的价值，决定了别人对你的态度。我能够提供你所需要的东西，你也有我所需要的东西，我们之间的关系就会相对牢靠。

这些价值可能是权力、地位、人情、金钱、名声，也有可

Bu fu qing chun
ye man sheng zhang
不负青春，野蛮生长

能仅仅是欣赏、爱慕。

不少我们的同龄人依靠家人的关系，能够进入更好的圈子，靠着良好的家境，能够出国留学，看起来似乎不公平，但这其实也是靠他们的上一代，甚至上上一代努力打拼换来的。从这个角度来说，世界一直都是公平的。

最后我想说，没有所谓的最正确的生活方式。每个人会变成现在的样子，都是家庭环境、成长环境、遗传基因等许多因素综合作用的结果。当年明月在小城市做公务员照样写出了火爆全国的《明朝那些事儿》，不少人在一线城市也是浑浑噩噩地度日。

像我这样的普通人，没有好的家境，没有关系可以利用，又希望靠奋斗出人头地，就只能选择在一个相对公平的环境下自己努力去打拼。通过自己一步一步累积的知识、技能和经验，换取更多的资源、人脉与成绩。

因为没有其他选择，我只能凡事靠自己。

第二章

我必须和你相遇，
然后和你相爱

——孤独的时候只要有人陪着，也就好了，是谁究竟重要吗？我常

常对木小姐这么说。她对我的言行不置可否。

我无法恋爱的理由

我和木小姐认识的时候，我们都刚上大学。

那时候我和哥们儿阿坑属于那种荷尔蒙分泌旺盛的好少年，同样来自高考大省的我们，正打算将压抑多年的爱欲洒向大学里的漂亮妹子。负责任地说，我们的出手是盲目的。或者至少我的出手是盲目的，因为对于爱情，阿坑有自己的理解。

他判断自己对一个女生动心的标准只有一条：该女生是否会让他产生邪念。

我问："何谓邪念？"

阿坑说："邪念啊！就是想霸王硬上弓啊！"

于是某天阿坑不出意料地跟我说："兄弟我看上了一个妹子，打算出手。"

Bu fu qing chun
ye man sheng zhang
不负青春，野蛮生长

我说："可以啊，勇敢上！我为你鼓掌！"

阿坑说："好的，等我好消息！"

我说："等一下，先让兄弟我鉴定鉴定，看看她是不是棵好白菜。"

就这样，我认识了木小姐。

木小姐亭亭玉立，肤白貌美，一口吴侬软语，声音中透着说不尽的水灵与甜美。

见过面之后，我偷偷跟阿坑说："真的是让你抢先认识了她，不然这么水灵的妞儿我肯定就要上了！"

阿坑一脸坏笑："嘿嘿，等我好消息！"

从那之后，我偶尔会从阿坑那里听到他们两人的最新进展，阿坑也会向我反馈一些他遇到的问题，比如过生日送什么礼物？约会吃饭应该选哪家餐厅？如何开口约她一起上晚自习？月黑风高夜一起走林荫小路的时候该不该牵手？

这些问题让我明白：阿坑的内心虽然澎湃，外化的行为却依然很纯情。作为一个理论经验丰富的人，我自认为提供了若干有价值的建议，估计木小姐很快就会被阿坑的攻势拿下。

当我快忘了这件事情的时候，突然听木小姐的同学说，木小姐已经和同班的富二代在一起了。详细情况是这样的，其实她和富二代你来我往互相暧昧了有段时间了。趁着放假回来，富二代就告白了，于是木小姐顺理成章地答应了。

听到此事我很惊讶，马上告诉了阿坑。

阿坑听完说了句："我知道那个人，我见过。"语气中透着一股阴狠毒辣，我担心他会去找那个富二代拼命。

可转眼他又说："我还是去问问她吧，万一你听到的是谣言呢！"

当晚，阿坑从木小姐那里确认了她和富二代在一起的这个事实，顺便告白。然后和我在学校外烧烤摊喝酒。我本不想喝太多，后来想到自己在追求女生的道路上也已经瞎忙了好久，却颗粒无收，便将悲伤化作一杯杯啤酒一饮而下。

阿坑说："接下来我要开始忙着学业了，以后估计不会再花时间追求女生了。"

我说："别啊兄弟，美好的生活才刚刚开始，木小姐是你大学生活'欲扬先抑'里的那个'抑'啊，后面才是正片啊！"

阿坑摇摇手，不再多说。那晚我们都喝醉了。

从那之后，阿坑不再和木小姐联系，而是投入更多精力到学业之中，为出国的梦想打拼。我依旧无所事事，和一群狐朋狗友在学校里四处乱晃。

Bu fu qing chun
ye man sheng zhang
不负青春，野蛮生长

暑假的时候，我和朋友一起旅行。理想的情况是，我们每去一个地方，都有当地的同学或朋友来接待我们，带我们吃香喝辣游山玩水。规划中有杭州这个地方，但我们发现竟然没有杭州的同学或朋友。这时候我突然想起木小姐是杭州人，于是设法联系到了她，她也很爽快地答应带我们游杭州。

我们在杭州玩得很开心，木小姐十分周到的照顾赢得了我和朋友巨大的好感。我和木小姐约好，开学后要请她吃饭。

于是在接下来的一两年里，我和木小姐有了更多的接触机会，也变得越发熟悉起来。

有天我和她聊起了阿坑。

她说："他人挺好的，但是他凭什么说追了我一年？我都没感觉到他在追我！"

我说："不会吧？不过这样也挺好，你有了富二代男朋友。"

她说："一点都不好！我和那富二代在一起一个月就分手了。"

我问："为什么啊？"

她说："不是一个世界的人，唉，都怪我当时太年轻……"

那时候我也是单身，聊得久了，我偶尔会约她出来吃吃饭，看场电影。对于我来说，就算身边没有女朋友，有个面容姣好的女伴也算是不错的选择了。至于木小姐对我是怎么想的，我不得而知。

后来我们更加熟悉的时候，她还告诉我，她曾经主动向一个完全不了解的男生告白，然后被拒绝的事情。

都说女追男隔层纱，碰到木小姐这样的女孩当面告白，如果是我可能就答应了，然而那时我才知道，原来并不是所有人都不会拒绝。

有段时间我和木小姐联系得异常频繁，但这种频繁的联系在毕业季求职大潮的冲击之下又渐渐变淡了。

然而在大学即将走向终点的某天，她突然在网上跟我说，她发现了自己真正喜欢的人还是阿坑。

她问："你说我要告诉他吗？"

我说："当然要告诉他，千万别压抑，时间不多了。"

于是在大学最后一个月，阿坑和木小姐终于在一起了。

他们一起参加同学聚会，一起吃饭看电影，恨不得 24 小时疯狂参加各种各样的活动来弥补这四年所有没在一起的遗憾时光。至于阿坑有没有真的兽性大发，与木小姐实现灵魂和肉体的统一，那时的我还不得而知。

如今回想起来，这应该是木小姐投入最深的一段恋情，只

Bu fu qing chun
ya man sheng zhang
不负青春，野蛮生长

是持续时间太短。两个人还未来得及发酵出一段璀璨的爱情，阿坑便出国了。

毕业之后，有段时间我们没有联系过彼此。后来，我来到木小姐所在的城市工作，再次与木小姐取得了联系，然后得知在阿坑出国不久后，他们就分手了。阿坑的理由是，自己也许会在国外待很久，他不想耽误木小姐的人生大事。

后来我开始热衷于帮木小姐介绍相亲对象。对象包括有钱的中年男人、上进的年轻咨询师以及在读高校博士生，这些人纷纷在木小姐面前折戟沉沙，最多见过几次便不再联系。

工作之后，我有过几段短暂的恋情，少则几周，多则几月，最终全都不了了之。我轻易地对人产生好感，却并不想进一步了解对方。与其陪女朋友逛街吃饭，我更喜欢和木小姐一起窝在咖啡馆里看书消遣。

孤独的时候只要有人陪着，也就好了，是谁究竟重要吗？我常常对木小姐这么说。她对我的言行不置可否。

某天，27岁的木小姐对我说，她终于遇到了一个让她有些心动的男人，目测可以结束处女生涯，开启美丽新世界了。

我说那很好啊，大龄单身女青年多年待价而沽，终于修成金玉良缘，我一定要把你的经历写成爱情励志故事，福泽万千矫情女青年。

然而天妒佳人，心动男和木小姐在一起几个月后突然进了医院做手术，后来才知道他有家族遗传疾病。出院后，心动男和木小姐仍然维持着情侣关系，虽然两个人都知道不可能有什么结果，却也一时半会儿无法分开。

这样的关系维持了几个月。那么，如果知道在一起没什么结果，为什么要浪费彼此的时间呢？相比心动男，阿坑一出国就跟木小姐明确断绝关系似乎是一种更正确的做法。

当木小姐意识到这一点的时候，终于主动提出了分手。心动男非常平静地接受了自己被甩的现实，大概他早就想到会有这么一天。

心动男对她说："我和你不一样，我有家族遗传病，也许只能再活二十年。我希望能尽快赚钱，实现自己的人生价值。"

木小姐说："去你妈的。"

木小姐分手后找我喝酒，聊起这段感情，以及记忆中美好的过去。

她说："现在我发现，任何时候两个人是否能在一起，就看三观是否一致就够了。心动男和我的三观就是差太远。"

我说："哪有那么幸运让你能碰巧遇到三观一致的人啊？

Bu fu qing chun
ye man sheng zhang
不负青春，野蛮生长

你想想，18 岁的时候，因为年轻，看到帅哥就想冲上去强吻；21 岁的时候，因为冲动，觉得适合的人就冲上去主动告白；24 岁的时候，第一次对一个人回心转意，体察到他的好而和他在一起；27 岁的时候，遇到一个稍微心动的人都要开心一下的心情……每个人都是这样走来的啊。"

她说："你说得没错，可是，我还是不明白，为什么谈个恋爱对我来说这么难。"说着将一杯酒一饮而尽。

离开心动男后，木小姐把更多的重心放在了工作上。这样不知不觉过了两年。

某天夜里，我在公司加班，手机响了起来，是木小姐。

她说："今天我很高兴，喝酒很开心。"

我皱了皱眉头，说："你现在跟谁在一起？在家还是外面？"

木小姐在电话的另一头久久沉默不语，然后隐约传来一阵啜泣声。

我有点担心地问："你现在在哪里？"

木小姐说："其实我真的有点难为情。尤其不敢面对自己已经过了 29 岁生日，却还是处女这个事实。我真的好丢人啊。"

听了木小姐的这些话，我本该在第一时间想到的是：这种话为什么要对我说？然而内心深处竟有个声音在隐隐约约地欢呼和心疼。

欢呼的是她第一时间打电话给了我，并向我说了这样的事。心疼的是她的感情经历，毕竟我希望她能过得幸福。

一时语塞的我内心这些复杂的心理活动似乎只经历了几秒，然后便冲出办公室顺手拦了辆出租车。

司机问："去哪里？"

我说："去一个我也不知道在哪儿的目的地。"

——据说恋爱是人类在漫长进化过程当中形成的一种行为机制。人在恋爱期间，大脑中的酬赏机制会产生多巴胺、催产素和性激素，如同在吸食毒品。

年少时的悲伤，总是伴着强烈的表演欲望

刚上大学那会儿，我认识了一个潇洒干练的学姐。

据说，学姐大一的时候加入了学生会，做事情雷厉风行，很快就成了我们那个校区的风云人物。她不是最漂亮的，但总是落落大方，再加上阳光灿烂的个性，追她的男生排成了队。而她一直不为所动，直到遇到了她现在的男朋友。

我认识她的时候，她和男朋友已经在一起半年多了。我经常能看到她和男友一起自习，一起走在学校里，看起来十分幸福。

后来有一天，我发现她一个人走在路上，愁眉不展。好奇之下问她怎么回事，她只是冷冰冰地说跟男朋友分手了。由于跟她不是很熟，我也不好意思再多问。

几天之后，我正在上网的时候，发现她发了一个很长的状态，

Bu fu qing chun
ye man sheng zhang
不负青春，野蛮生长

是一段对男朋友的告白。大意是她已经知道自己错了，求男朋友跟她和好。那是一种完全抛弃了尊严的恳求，用声泪俱下形容也不过分。

在接下来的几天里，她的那条状态被转发了很多次，不管是认识还是不认识她的人，都被那条状态中的心酸和悲戚所感动，转发的人往往还加上一句"如果有姑娘为你做到这样，你就该回来"之类的话。

只是，就算转发的人再多，就算她再卑微地恳求，她男朋友也始终没有回应过她。

转眼到了夏天，她就要换到新校区去，为了表示对她在一年中对我的关照的感谢，我特意请她吃了次烧烤。在人声鼎沸的烧烤摊，我和她喝着啤酒，几瓶啤酒过后，话题转向了她男朋友。

"说到底，你们为什么分手啊？"我问。

"因为……因为他就是个人渣！"学姐一口干了一杯啤酒，咬牙切齿地大吼一声。虽然周围环境很嘈杂，还是有几个人看向了这边。

我看她情绪比较激动，就没敢接话，默默地给她倒满了酒。

"从小到大，有多少男生追过我，排着队都数不过来，我全都看不上。"学姐愤愤地说，"怎么就看上了这个人渣！"

"他凭什么这样对我？凭什么跟我分手？"说罢，又拿起酒杯准备喝光，却实在喝不下，只得作罢。

"我都那么低声下气地求他了，可还是没有用……"说到这，她就不再说了，把头趴在桌上，轻轻抽泣起来。

那天我和她都喝得比较多，她是因为伤心，而我只是为了安慰她，陪她喝了不少。

虽然事情已经过了几个月，看起来她依然沉浸在那种悲伤的情绪中。我不知道在这段时间里，她究竟是如何度过的，是否经常沉默不语，经常喝酒到流泪？

后来我喜欢上一个女生，在追她的时候，使尽了浑身解数，最后还是没有成功。我那些五花八门的招数像打进了一片虚空，像是一颗石头掉进了大海，没有泛起一丝涟漪。

我花了那么多时间和精力，却仍然得不到她的青睐。于是我拿起白酒和啤酒跑到湖边大醉一场，还被蚊子咬得浑身是包。

为了展示自己的悲剧命运，有段时间我动不动就把此事挂在嘴边。有一次我又在说我的悲惨经历的时候，隔壁一个被女朋友甩了的哥们儿也加入了进来。

"我失恋那天，在酒吧直接灌了自己四瓶啤酒啊！"他说。

Bu fu qing chun
ye man sheng zhang
不负青春，野蛮生长

"才四瓶啊？我可是混着喝了几瓶白酒和啤酒。"我表示深深的不屑。

"可是我那是吹瓶啊。"他也毫不退让。

看样子，谁爱得更深，谁伤得更深，谁更值得同情，似乎是跟喝酒的数量和质量有关系的。

听到他说是"吹瓶"的那一瞬间，我联想到一个颓废的男子，一个人在酒吧喝着啤酒。他眼角泛红，酒顺着嘴边留下，眼睛红红的样子，突然觉得好像还是他比较痛苦一些。

仔细想来，我甚至都不了解自己追的女生喜欢什么，拥有着怎么样的世界观和价值观。短暂的相处让我爱上了她，然而这样的爱很深刻吗？生活中没有她就活不下去了吗？并非如此，但我希望别人认为我用情至深。

据说恋爱是人类在漫长进化过程当中形成的一种行为机制，人在恋爱期间，大脑中的酬赏机制会产生多巴胺、催产素和性激素，如同在吸食毒品。而失恋如同吸毒者发瘾，让人难受不已。

又因为那个时候我们都还年轻，一碰到这种情况，就经常会做出一些傻事来。用哭泣、喝醉表达自己的撕心裂肺，用社交网络使自己看起来或多愁善感，或楚楚可怜。

我并不否认失恋的悲伤情绪确实需要一个宣泄的出口，个人的状态需要一个恢复的过程。但不少人在这么做的时候，其实是内心希望获得关注，通过让自己变得无助、孤单、弱小而得到他人更多的同情。这是一种很正常的表演欲。

在失恋的时候表现出痛不欲生的样子，就会有人围绕在身边给予关心和鼓励。只不过对于当事人来说，那些关心和鼓励，往往只是满足了他内心的渴求，却并不会真正帮助他走出低落情绪。

实际上，真正走出情绪的低谷、恢复朝气蓬勃的正常状态，只能靠自己。

不过，如果给我一次重来的机会，我也还是会去再醉一场，要不然怎么能叫青春过呢？

——感情这种事，很难说清楚。我本以为苹果和石爷三观相对统一，兴趣重合度高，已经完全满足了擦出火花的条件，却忽略了那最重要的、最具决定性的，也是最难以捉摸的因素——心动。

为什么我能力这么强，却找不到对象？

在我毕业以后认识的朋友当中，有一位大牛级别的人物，人送外号石爷。

和石爷相识，只因我们曾经做过几个月的同事，并且在一起合租过房子。那时候大家都刚大学毕业，被实习公司坑到了广州，年少无知加年轻气盛，自视甚高加意气相投，让我们很快成了好友。

石爷 1.78 米的身高，身型笔挺，有着介于国字脸和瓜子脸之间的脸形。他严肃时给人一种可靠的感觉，微笑时眼睛瞬间眯成一条缝，让人觉得温暖而亲切。用今天的话来形容，他不仅是个暖男，还是一个有逻辑的、有思辨能力的、脱离了低级趣味的暖男。

Bu fu qing chun
ye man sheng zhang
不负青春，野蛮生长

但是，在我和石爷像大学生一样夜聊过几次之后，我惊讶地发现他竟然没谈过恋爱！得知这个信息，我脑海中第一时间浮现出石爷站在破旧的阳台上，定定地望着大街上人来人往，在黄昏时分掏出一支兰州点燃的情景。

像石爷这么有能力的人，为什么会没有谈过恋爱呢？是因为他的直男癌属性，还是他不想？精力旺盛的我决定就这一问题和石爷进行深度交流。

"大学时候还是有几个妹子对我表示过好感的，但是我不太看得上。"石爷说，"当时，我在学校里也是风云人物，大一当班长，大二觉得班长没意思，就去混各种商业比赛，拿了不少奖。从那时候开始我就一直关注商业、心理学、社会学、营销方面的知识，也早就决定好了自己要走咨询这条路。快毕业的时候很多同学找我帮他们修改简历，提一些工作面试建议，甚至帮他们找熟人做内部推荐，最后结果都不错。"

石爷的话我是完全相信的，因为他在工作中表现出了超越所有应届生的水平。咨询顾问需要的逻辑性、严谨性和广博的知识、追求极致的工作态度，他全部具备。因为他的工作，正是他的兴趣所在，所以我一直很羡慕他，能够做自己喜欢并且擅长的事。

"我大学里只追过一个女生，但是她总是对我若即若离，我不清楚她究竟是对我有好感，还是只是敷衍。"石爷叹了口气，继续说，"她会经常找我帮忙，帮她写报告啊，改简历啊，甚至在她弟弟竞选班长时也让我出谋划策。但是我找她的时候，她却总是对我爱理不理。"

"我看她是在把你当'工具'吧？"我不得不说出自己心中的想法，"你为什么会喜欢这样的妹子？长得好看？"我忍住没说"这样的绿茶婊"。

"也不是很好看，但我跟她聊过，觉得我们两个的老家离得很近，成长环境和经历上也有些相似，从这个维度上讲，我们应该很合适。"石爷说。

我差点从床上摔下来，这算什么理由？

不过石爷对妹子好了不止两三天，妹子的态度却一直如此，他也应该明白这个女生只是在利用他。毕业以后，石爷还帮过她不少忙。我想，他只是固执地希望能够用自己的行为感动对方吧。但事情发展到最后，石爷却只是感动了自己。

转眼数月过去，我和石爷各奔东西，却依旧保持着密切联系。后来机缘巧合下，我们最终又都来到了上海，他还在做咨询，我所做的行业早就换了几次。

Bu fu qing chun
ye man sheng zhang
不负青春，野蛮生长

每次换工作，我都会找石爷咨询下，得到了他很多帮助。为了报答他，我给他介绍了一个关系很好的美女妹子。

"妹子是苏州人，叫苏筱。多好听的名字，对不对？"我在微信上跟石爷说，"快加人家微信，美女一枚，清纯可人，你绝对把持不住！"

"这哥们儿很靠谱，为人踏实，诚信又上进，你值得信赖。"我在微信上又跟苏筱说，"重点是，他在苏州有套一百多平方米的房子，工作一年半月薪过万元，这样软硬件齐全的种子选手你怎么能错过？"

两星期后，石爷找我哭诉："怎么办啊，我不知道该跟苏筱聊啥。"

"为什么不知道？"

"就是觉得下不去手，打了字又删，删了又打，好不容易发出了消息，对方又不回。你跟你女朋友在一起之前，你们都聊什么啊？"石爷很真诚地问我。

"什么都聊啊。"我也很真诚地回答。

"呵呵。"石爷给我发了一个竖中指的表情。

一个月后，石爷跟我说："我好像喜欢上她了。"

"真的？你们见过面了？"我顿时觉得自己办了一件好事。

"还没有，但是我对她有感觉。"石爷很认真。

"……好吧，约出来见见，我给你们当灯泡。"我说。

三个月后，石爷的恋爱战役却惨遭失败。用苏筱的原话说，就是跟石爷没有"共同语言"。

"我觉得他人是很上进，懂得的知识也很多，很有能力，如果做朋友会是个不错的选择，却不适合做男朋友。"苏筱告诉我，"如果非要说个原因，那我举个例子吧。可能是因为我问他鸡为什么会下蛋，结果他从生命的起源开始回答我的问题。另外，我对他关注的东西也没太大兴趣，聊天也聊不到一块去嘛，要是跟他在一起了，要么无聊死，要么被烦死。"

其实石爷也意识到了这个问题，他们的三观、兴趣完全不同，对以后生活的规划也天差地别。苏筱喜欢安稳的生活，但石爷渴望创业，不断挑战自己。苏筱喜欢的事，石爷完全插不上嘴。石爷看待事物的态度，也和苏筱天差地别。这样的两个人，怎么可能走在一起呢？

作为石爷的资深基友，我也渐渐弄明白了真正适合石爷的妹子应该是什么样。她应该能够欣赏石爷的优点，在一定程度上和石爷有共同话题。她和石爷应该能够给予对方积极的影响，同时让对方的思想、精神更加开阔，更具有包容性。

Bu fu qing chun
ye man sheng zhang
不负青春，野蛮生长

"很不巧，这样的妹子，我手上正巧还有存货。"我对石爷微微一笑。

于是我把苹果介绍给了石爷。

苹果人如其名，乖巧可爱。她大学学的社会学专业，连年拿国奖，毕业后供职于一家互联网公司，做用户分析员的工作。最关键的是，苹果也没谈过恋爱！

作为苹果和石爷多年的朋友，我觉得他俩应该很合拍。于是把两人拉到一个微信群里吹水。

事情终于往我期望的方向发展了，石爷和苹果在微信里聊得热火朝天，今天探讨互联网思维多么不靠谱，明天研读商业发展的潮流趋势究竟为何。

"没错，我们应该见面。"石爷在电话里跟我说，"不过这次要慎重，可别搞砸了。"

"你知道女生都喜欢什么吗？"我卖关子，"你有规划了吗？"

"没有啊，求建议。"石爷的声音更加诚恳了。

"女生都喜欢男人投其所好，这是其一。女生都喜欢你为她费心思，这是其二。女生都喜欢她得到的东西是最新鲜、最特别、最稀有的，这是其三。鉴于你们还没有见过面，不适合投入太多精力，万一不喜欢呢，但至少也要满足以上的某一些条件。"

作为感情咨询专家，我坚定的声音给了石爷鼓励。"这样吧，我给你个建议，见面吃完饭后，你带她去个酒店，我帮你订好房……对，你就以这个为理由，保证不会尴尬。"

石爷和苹果见面的第二天，我打电话给石爷，他的语气听起来有些尴尬。

"你不是说安排我们一起住那个酒店，是因为在那可以用APP控制房间内的温度、光线和背景音乐，从而创造出有利于进行深度情感沟通的暧昧氛围吗？"石爷质问我。

"是啊。这么新潮的酒店她肯定没住过，伴着香水味，听着爵士乐，感受着忽明忽暗的光线，不是很容易制造心跳吗？"我觉得我真的很懂女生，"这就是我告诉你的，新鲜的、特别的、投其所好的场所啊。"

"但是昨晚到了房里，她就开始研究起那个酒店，还不断用APP尝试各种音乐、温度、光线组合……最后甚至跟我聊起来可以通过收集相关用户数据，了解最受欢迎的酒店客房应该长成什么样，然后我就站在我的角度分析了一下……"

听到这我立刻明白，给石爷找对象的任务，又失败了。

Bu fu qing chun
ye man sheng zhang
不负青春，野蛮生长

感情这种事，很难说清楚。苹果和石爷都是很有能力的人，但他们又都没谈过恋爱。我本以为他们俩三观相对统一，兴趣重合度高，又都喜欢有挑战的生活，已经完全满足了擦出火花的条件，却忽略了那最重要的、最具决定性的，也是最难以捉摸的因素——心动。

事已至此，我对石爷也算仁至义尽，介绍对象之事便就此作罢。

后来石爷工作越来越忙，我们便有段时间没有联络。突然有一天，石爷微信我说，他找到了女朋友。震惊的表情还没有从脸上褪去，我就已打通了石爷的电话，我必须关注一下是哪个妹子解救了他。

"这事儿说来简单。两个月前去成都出差的时候，有一个周末早上我没事做，就去酒店大堂闲逛，看到有个戴眼镜的妹子坐在那，面前摆个MAC，手上捧一杯咖啡，"石爷滔滔不绝地说，"我瞬间就被击中了！然后就想着凑过去看看她在看什么。"

"然后呢？"

"然后我发现她竟然在写PPT，好像是个新手咨询顾问。我观察了一阵就忍不住发表了一下自己的看法。"

"再然后呢？"

"再然后她就朝我投来了崇拜的眼神。我得知她也在一家上海的咨询公司工作，就互相留了联系方式。出差回来我就约她出来，一来二去，很自然地就在一起了。"石爷语调中的甜蜜劲儿快把我恶心死了，"不跟你说了，女朋友发来了视频邀请。"

这时候我脑海里浮现出过去石爷的种种经历，那落寞地抽着兰州的背影，与苏筱聊天时的焦躁，和苹果讨论用户体验时的尴尬……

如今，他终于可以当着女朋友的面，回答那个问题了。

"你知道为什么我能力这么强，却一直找不到对象吗？"

——都是为了要遇见你啊。

　　——几乎所有主打社交的 APP 中，不管官方说法多么冠冕堂皇，其角落里总是蕴藏着性与欲望。

要么成为生产力，要么被成为生产力

大学里最热闹的时候，应该就是各个学生组织每年纳新的时候。脱离了高中三年的枯燥生活，带着对大学生活丰富夸张的想象，你会发现，大一新生的眼睛里都泛着饥渴的绿光。尤其是男生。

此时此刻，经历了一两年大学生活洗礼却依然没有对象的学长们，也被学妹们清新脱俗的容颜、娇羞无限的举止所吸引，焕发出久违的恋爱冲动。

每年学校社团做事最多的，也正好是这批蠢蠢欲动的新人和旧人。于是，在这一阶段，学校内的情侣，开始以肉眼可见的速度滋长。

每个微信群里，最活跃的那一波人，大部分都是单身。他

Bù fù qīng chūn
yě mán shēng zhǎng
不负青春，野蛮生长

们是活跃气氛的先锋队，是炒热话题的排头兵，他们积极勾搭组织活动任劳任怨，他们鞍前马后端茶送水无怨无悔，他们琴棋书画人生哲学无所不谈。

每当来了一个美女，整个群就仿佛被打了一剂兴奋剂，活跃度短期内大幅度提升，甚至连发红包都不能与之相提并论。

从某种意义上来讲，他们就是这个群体的生命力，就是这个群体的生产力。如果没有他们，恐怕只剩下一片死寂。

所以，要想让某个团体和组织保持活力，你需要找到一群单身的年轻人。

然而最终的结果多半是，十分之一的人成功地找到了自己的另一半，渐渐退出单身者的练习场，过上了自己的小生活。剩下的依旧活在自己那表面繁荣实则水深火热的尴尬人生中。

几乎所有主打社交的 APP 中，不管官方说法多么冠冕堂皇，其角落里总是蕴藏着性与欲望。摇一摇，附近的人，约炮……这些移动互联网时代为方便人们沟通和交流而生的产品，被人性、欲望裹挟着，衍生出这些功能。

除了极少数人能因约炮而成为情侣，大部分人注定徒劳无功。但个体的徒劳无功，换来的是产品用户数量的大幅度提升，换来的是好看的活跃用户数据和资本的青睐。

随着PUA（pickup artists）的普及，越来越多的人开始做起了恋爱培训的生意。教你如何搭讪，教你如何聊天，教你如何顺利推倒意中人。我认识一些做这个的朋友，现在都赚得盆满钵满。

但参加过他们课程的学员呢，是否真的追到了另一半？是否能够维持长久的恋爱关系？成功者寥寥无几，甚至陷入误区，耽误了自我学习和成长的重要时机。

想要谈恋爱的你，不知不觉成为了别人的生产力。

为什么单身的我们，这么想要恋爱？

从进化心理学的角度来看，生物存在的目的就是把自己的基因传递给下一代。对于人类来说，一个人是不可能繁衍后代的，因此每个人都需要找到自己的另一半，才能完成这一伟大的基因工程。

理性地说，随着年龄增长，我们将面对越来越多的问题。当两个人结合，决心共同生活下去的时候，他们其实已经变成了一个利益共同体，一个为了共同目的而一起努力的团队。两人在一起互帮互助，抵御风险的能力便大了很多，我们才能够在这个复杂世界里继续勇往直前。

Bu fu qing chun
ye man sheng zhang
不负青春，野蛮生长

既然是利益共同体，就需要互帮互助，不论你给予对方的是精神支持、经济支持，还是肉体支持，在某种程度上来说，都应该是对等的。若你本身毫无生产力，谁会选择你？

因此，与其整天为了谈恋爱而费尽心机忙忙碌碌，不如利用好这黄金时期，努力提升自己。

那么，如何正确使用单身时期？

利用单身时期，找到自己的生活节奏。

升学，毕业，换工作，换房子，与朋友见面，与家人分别，我们一直在变化。终于有一天，你突然意识到，能够陪着自己一直走下去的人，只有你自己而已。许多问题，没有人能够帮你解决，必须要自己来亲自面对它、搞定它。

在这一过程中，你渐渐发现了该怎么生活，什么时候起床，什么时候睡觉，什么时候看书，什么时候慢跑。知道自己身体面对每一种情况会如何反应，遇到危机也不再惊慌失措，学会与世界达成某种程度的默契。

找到属于自己的独特生活节奏，是你经济独立和精神独立的必要条件。

单身时期，是集中精神、投入学习的黄金阶段。

老实说，谈恋爱需要花费的精力比单身时期多太多。聊天、电话、视频、约会、吵架，又和好。如此多的时间，如果用来看书、学习、工作，从某种意义上讲，对你个人的提升会更大。

没有恋人，就不用担心被分散精力，不用想着对方为什么不联系我，也不用因为没来得及回复信息而引发各种争吵。

你可以专注地学一门技艺，随心所欲地安排自己的时间，将大部分精力投入到自我提升当中，让自己更快地成长起来。这样的成长，让你的生活变得更加丰富多彩，能够更好地把握住自己的人生。

单身时期，是沉下心来，选择自己人生的关键时期。

一旦开始谈恋爱，总要为对方考虑和着想。毕业要不要继续读研，工作要不要换行业和城市，也许你都要考虑恋人的意见。

从小学到大学，从学校到社会，随着生活环境的变化，我们的世界观、价值观、人生观都是一直在变化的。虽然我认为有些人为了恋人放弃出国、放弃读研、放弃大好机会并没有什么错，但许多时候，太多的外在因素，让我们没有办法沉下心来仔细思考自己究竟想要什么，前方的机会对自己究竟意味着什么。

Bu fu qing chun
ye man sheng zhang
不负青春，野蛮生长

以至于当感情破裂时，我们抱怨为了对方自己付出了多少、牺牲了多少，抱怨现在过的不是自己想要的生活。

而如果你做决定的时候是单身状态，你无须考虑他人，你所做的全部抉择都是为了自己，那么你将拥有更大的力量去坚持自己的抉择，在自己选定的道路上披荆斩棘。

高质量的友谊是发生在两个优秀的独立人格之间的，爱情也是如此。

若你还单身，那就好好珍惜这个机会，马不停蹄地去学习、去努力吧，你学到的技能、知识，将会提升你自己的生产力，把你带到一个更高的层次。

更好的人，就在那里等你。

——在经济学中有一个概念叫"沉没成本"，是指那些过去投入的、已经无法由现在或将来的任何决策改变的成本。许多人往往无法从单恋中抽身出来，是觉得自己已经付出了这么多，不能轻易放弃。

Bu fu qing chun
ye man sheng zhang
不负青春，野蛮生长

你以为的一往情深，不过是感动自己

我和阿翔第一次见面，是在一次朋友聚会上。

当时我刚毕业没多久，偶尔会和大学同学在租的房子里聚会，大家一起做饭，重温大学时代的友情。有一次跟我一起合租的诗雨说，今晚她有个朋友要过来跟我们一起聚会，我们都欣然答应。

诗雨的朋友叫阿翔，我认识她四年，从未从她口中听过阿翔这个名字。但阿翔一见到我们，就似乎在刻意地向大家展示，他和诗雨的关系是多么亲密，比如为诗雨夹菜，聊一些我们都不知道的有关诗雨的事。

他对在场的男性露出些微敌意的试探的同时，还不忘对诗雨笑脸相迎。当阿翔发现在座的各位男性似乎都对诗雨没意思后，就餐气氛渐渐变得融洽。

那天晚上我本以为阿翔会回家，没想到他竟然打算住下来。当时住宿条件比较艰苦，整个房子只剩一个破沙发可以让阿翔睡。我们都没有睡意，于是很自然地开始聊天，整个气氛像极了大学宿舍夜谈。

"你……是不是对诗雨有意思啊？"我问他。

我心想那沙发从坐垫到靠背没有一处是完整的，这哥们儿还坚持要留宿，这才是深沉的真爱啊。

"嗯。"阿翔沉默了一下，回应道，又叹了口气。

这个话里有话的样子勾起了我的好奇心。

诗雨面容姣好，身材高挑，长发披肩，知性懂事，这样一个女孩，本应在学校里大受追捧。不过据我所知，因为她很低调，追她的人并不多。有时候我也觉得奇怪，大学四年，她竟然没谈过一次恋爱。

"我跟诗雨是高中同学。"阿翔说，那语气像是在怀念他的青梅竹马，"我从高二就开始喜欢她，一直到现在，喜欢了六年。"

我以为他会长篇大论一番，没想到他一句话高度概括了。

"然后呢？"我问。

Bu fu qing chun
ye man sheng zhang
不负青春，野蛮生长

"喜欢上她之后，我就开始追她。一直追到现在。"阿翔说。

"这期间，她就没表示什么？"

"嗯……其实我也不知道那些算不算表示，总之她没拒绝我。"阿翔说。

"哪些啊？"

"一时半会儿说不完，毕竟六年了嘛。"

第二天我醒来的时候，阿翔已经走了。

从那以后，阿翔开始频繁地出现在我们的视野里。不论是偶尔的聚餐，还是外出游玩，他都乐呵呵地跟我们厮混在一起。没过多久，我们隔壁的住户搬走了，阿翔竟然搬了进来。

从此他开始更加密集地接触诗雨，吃个饭，逛个街，串个门儿，送个花，生活在同一个屋檐下，他跟我们都变得更加熟络。

阿翔的进攻日益激烈，但诗雨似乎无动于衷，我猜诗雨对他并没有感觉。

"我觉得你还是跟他说清楚吧，"我说，"这小伙儿追了你六年，也不容易。"

"你说阿翔吗？我已经跟他说了好几次我不喜欢他。"诗雨说，"不过你说追六年，是什么情况？他追了我六年？"

"是啊，他第一次来吃饭的时候，我们夜聊说到的。难道不是？"

诗雨一时语塞，似乎阿翔口中信誓旦旦的六年，她都未曾察觉到。

"当然不是了，我们就只是高中同学的关系而已，当初还不在一个班。就算他当时对我表示过什么，但是我那时候在谈恋爱，对他根本没什么印象。"

诗雨有些愤愤不平："大学之后，就没什么联系了。现在刚毕业，他突然跳出来说，已经喜欢了我六年，我就很莫名其妙。换作是你，你会怎么想？"

我说："就算真的追了你六年，不喜欢照样不喜欢，与时间无关。"

"对啊。"诗雨说，"我会再和他说清楚的。说白了他就是感动自己，总是把'我已经追了你六年，为你做了这么多'挂在嘴边，估计认识他和我的人都会觉得他对我用情至深吧，可是这又有什么用？谈恋爱又不是因为感动，不喜欢就是不喜欢，不合适就是不合适。"

许多人在苦苦单恋的时候都会说：

"为了你，我舍弃了多少自尊！"

"为了你，我拒绝了多少诱惑！"

Bu fu qing chun
ye man sheng zhang
不负青春，野蛮生长

"我为你做了这么多，你为什么还是连看都不看我一眼呢？"

其实原因只有一个，你根本无法使一个不爱你的人只因感动就和你在一起。你所做的那些想感动对方的事，最终只感动了自己和围观群众罢了。

在单恋阶段，感动自己往往只是一个人的忧愁，而对于处在一段感情中的恋人来说，感动自己却会给双方都带来困扰。

在大学毕业之前，我的朋友朱诺终于和原来的男朋友分手了，又十分迅速地找了一个新的男朋友。朱诺的新男友叫杜维，高大挺拔，家境优越，看起来是十分理想的恋爱对象。杜维是厦门人，可是那时候朱诺已经找到了一份位于昆明的工作，一旦答应与杜维在一起，就意味着毕业之后，两个人就要开始一段异地恋。

即便维持异地恋非常艰难，朱诺还是决定和杜维在一起。当我问起朱诺为什么如此勇敢的时候，朱诺告诉我，杜维是个言出必行的人。

"他说要带我去游泳，就真的做了，我前男友从来没兑现过这个诺言。他请我去他家玩，还为我做了饭，天啊，以前那么多人追我，哪有人为我做过饭？"

这就是朱诺动心的原因。

毕业之后，朱诺开始在昆明工作，杜维几乎每个周末都会飞到昆明去见她。两个人处于热恋阶段的时候，眼中的对方都是完美的存在。而当热恋期过后，问题开始显露。

"我跟他的三观有点不合。"朱诺跟我说。

"比如说？"

"他是一个比较大男子主义的人。如果我跟同事出去玩，就算是和女同事出去玩，没有理他，他都会生气。总之，我身边一切能够吸引我注意力的事物他都会吃醋。我工作的重点、生活的重点都要是他，我必须围绕着他转动。"

我吃了一惊："这岂止是有点不合，这是相当不合吧！"

朱诺说："对啊，你也知道我是一个喜欢交朋友、喜欢新事物的人，怎么可能按照他的想法去生活？所以我们最近吵架频率飙升。"

然而杜维以为，造成两个人争吵的原因是异地恋，于是他开始怂恿朱诺回厦门工作。为了用诚意感动朱诺，杜维甚至声称要开车去昆明接她。朱诺以为杜维只是随口说说，就答应了。让朱诺没想到的是，没过多久，杜维真的从厦门开车来了昆明，笑着说要接她回厦门。

　　从那一时刻开始，她心底就隐隐约约出现了一种不安，但是一时半会儿还说不上来到底是什么。

　　杜维在昆明住了一个月，每天开车送她上班，接她下班，和她一起吃饭。这一个月两个人的关系变得融洽许多，这让杜维更加确信"异地恋会导致争吵，要带朱诺回厦门"这个想法。

　　而朱诺心中却是五味杂陈。杜维开车来接她的举动，让她不忍心再去违背杜维的意思。一个月后，她终于答应和杜维回厦门。杜维身边的朋友都说，从未见杜维为一个女生如此付出过，我真想变成女人嫁给他。而朱诺的朋友也在说，要是有个男人能用这种"韩剧里的桥段"对她们，她们一定会珍惜他。

　　但是，预期中的和谐生活却没有随着异地恋的结束而到来。没过多久，朱诺和杜维就开始吵架，而且似乎比异地恋的时候还要频繁。

　　朱诺觉得杜维对自己的爱，比自己对他的爱要多很多，她承受不了这样的付出。或者从根本上来说，她并不需要杜维做这些，但又没法明确地拒绝，因此心情变得很差。

　　杜维同样变得很痛苦，在异地恋的阶段，他每周都花时间花钱去昆明看朱诺。为了让朱诺来厦门，他还开了三天三夜的车去昆明接她。他不明白，自己付出了这么多，为什么朱诺还是没有好脸色?

杜维认为自己在感情中的付出得不到回报,时间长了,他的耐心也渐渐变差,这让两个人吵架的激烈程度大大增加。吵架的时候翻起旧账,让两个人的嫌隙变得越来越深。

终于朱诺再也无法忍受这种日子,主动提出了分手。杜维难过到抱着她痛哭,却无法改变她的心意。

朱诺决定离开厦门,在走之前,她给杜维发了一条消息:"你待我很好,谢谢你,我会记住你所有的付出。但在爱情这件事上,也许我们真的不合适。"

在经济学中有一个概念叫"沉没成本",是指那些过去投入的、已经无法由现在或将来的任何决策改变的成本。许多人往往无法从单恋中抽身出来,是觉得自己已经付出了这么多,不能轻易放弃。

他们付出的那些精力和金钱就是沉没成本,而继续投入其中,只会让自己越来越盲目,深陷其中无法自拔。

而处在一段感情中时,决定两人是否能够顺利走下去的因素,也许是互相吸引,也许是三观相近,也许是互相欣赏,但绝不是一厢情愿地付出,自我感动,让自己看起来站在了情感的制高点上,并要求得到相等的回应。

Bu fu qing chun
ye man sheng zhang
不负青春，野蛮生长

更理性一些说，在感情中，某件事情有没有价值、价值有多大，是由对方对此是否重视、重视程度有多大来决定的。你认为自己已经为对方创造了价值，并为此而沾沾自喜，对方却无法感同身受，因为这并不是对方想要的，反而会给对方带来困扰和负担。

所以很多时候，你以为的一往情深，不过是在感动自己。不要一味盲目地付出，你要相信前方总会有真正适合你的人，等着你去给予真心，并对你回馈以真意。

第三章

山在那里，我正年轻，我得去看看

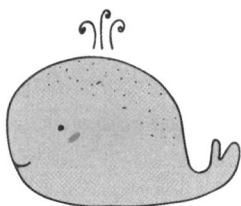

——"你也想去看看最广阔的世界吧？加油啊，马竟！"一瞬间我简直要热泪盈眶了：她知道我在想什么，她理解我，她可能是除了父母和妹妹以外，最了解我的一个人。

当你翻山越岭，梦想终将实现

我叫马竞，出生在宁夏回族自治区海原县，一个十分普通的家庭里。

从小我就生活在书台乡，那是一个距离海原县二十公里的乡镇。在十三岁去海原县读中学以前，我很少有机会能到乡镇以外的地方看看。所以当父亲带着我来到海原中学的时候，周围的一切对我来说都是新奇的。

那时候我觉得海原是一个如此广阔的世界，而我也暗自下定决心，无论如何，都要通过努力走向外面更加广阔的世界。

也许很多看到这里的人会觉得不可思议，觉得就算是初中生，也不能这么没见过世面吧？我只能轻轻叹息一声，毕竟你不了解大西北，不了解宁夏海原。

Bu fu qing chun
ya man sheng zhang
不负青春，野蛮生长

《平凡的世界》大家想必都看过吧？这是一部描写 20 世纪 80 年代农村的发展历程的作品，通过对多个阶层人民的生活现状和命运转变的描写，真实表现了改革开放给人们生活和思想带来的巨大变化。

书里面提到的农村现状很真实，相当一部分家庭贫穷到没钱上学，有些孩子小学毕业就辍学回家干活，大多数人只上到高中毕业就出来打拼。此外，重男轻女的现象极为严重，如果有兄妹和姐弟同时需要上学，那么辍学的一定是姐姐或妹妹。

平时在家，哪有什么书可看！不论冬天还是夏天，破旧的街上疯跑的小孩永远是脏兮兮的。如果你觉得那个时代已经比较遥远了，我只能告诉你，我上中学的时候，我们那里就是这样的情况。

我在家里排行老大，有一个妹妹，父母都是传统的农民，基本没什么文化。对于上学读书这件事，他们只是觉得，家里需要有这么一个人能够识字，就够了。而我作为长子，出生在一个传统农民家庭里，就注定要担负起比一般城市的孩子更大的责任。

我从小就很懂事，在读书方面也不算太笨，成绩一直不错，最终成为书台乡小学少数几个考上海原中学的学生。那时候年纪虽小，却已经有了自尊心，而从小在并不富裕的家庭环境中长大的小孩，也往往十分敏感。因此在刚到海原中学的时候，我十分孤傲，几乎没有朋友。城里的孩子不愿意跟我玩，我也不愿主动去结交他们，于是只好每天形单影只。

在初中寄读的三年里，我很少回家，基本上把心思全部花在了学习上。放假的时候，我经常光顾学校那个破烂的图书馆，如饥似渴地看书，尽可能地摄取新鲜的知识。

在图书馆偶尔会遇到同班的一个女生，她叫韦筱。我曾在无意中听到几个男生聊天说起过她，据说她也来自周围一个贫困县。那时候的我又自负又自卑，虽然从来不敢主动和女生搭话，却一直自认为内心的想法是不屑于跟女生聊天。所以，就算在没有认识的人在场的图书馆遇到韦筱，也假装不认识。

可是每当我看书看累了，眼睛都会不自觉地向她的方向看过去，一般看到的都是她专注阅读的样子。她摆弄着自己的头发，有时看起来若有所思，一种自然的美感竟然让我心跳加速起来。

有几次与韦筱的目光相遇，我便赶忙困窘地将视线移开，装作是扫视全场时碰巧看到她一样。虽然我心中惴惴不安，但却有一种遇到同类的隐隐的欣喜。她眼神中闪现的光芒，仿佛看到了未来一样，让我的状态也为之一振。

Bu fu qing chun
ye man sheng zhang
不负青春，野蛮生长

时间长了，我和韦筱终于习惯了对方的存在。然后再次目光相遇时，她会冲我笑一下，再迅速低下头，一面看书一面卷着头发。就算如此，三年来我也没有和韦筱说过一句话。

初中的三年，勤奋和努力弥补了我和城里孩子的差距，我的成绩从某一刻起，也开始一直保持在年级前列。与同班男生的关系渐渐变好，不少最开始对我有敌意的男生，现在遇到不懂的问题也会来找我帮忙。这让我十分开心，不仅是因为自己被需要，更是因为自己被认同了。只是我仍然没有一个契机和韦筱交流。

毕业前夕，班里开始流行同学录，我鼓起勇气请其他人帮忙把同学录转给韦筱，然后观察着她拿到我的同学录的反应。她接到同学录，看到是我的名字先是一顿，然后慢慢放进了桌子里。

直到第二天，韦筱才托别人将同学录还给了我，不知道她是在学校写的，还是拿回宿舍写的。我十分期待地打开同学录，上面只写了一句话：

"你也想去看看最广阔的世界吧？加油啊，马竞！——韦筱。"

一瞬间我简直要热泪盈眶了：她知道我在想什么，她理解我，她可能是除了父母和妹妹以外，最了解我的一个人，甚至比他们理解得更深刻。

我抬起头往她座位的方向看去，她也在看着我，然后微笑了一下，转过了身去。那笑容现在依旧清晰地印在我的脑海里。

中考结束，我终于以优异的成绩进入了六盘山高级中学，来到了银川，一个更加广阔的世界。在入学后很长一段时间里，我一直在通过有限的渠道打听韦筱的去向，但她却音信全无了。

大概有一个学期的时间，每当我遇到烦闷的事情，总会想到韦筱的笑容，心里的烦闷就会减轻一些。只是，想到一直打听不到她的消息，还是有些失落。

其实，对于我的家庭经济条件而言，父母能够出钱支持我读高中，已经是我的幸运了。在我沉浸在失落中的时候，却不知道那时候父母已经做了决定，让成绩差的妹妹退学了。

直到寒假回到家，我才知道这件事情。这对我来说是个沉重的打击，不仅仅是因为家里没有多余的经济实力供妹妹上学这一物质上的匮乏所带来的痛苦，更是因为父母如此轻易地做了这样的决定，完全没有和我商量。

虽然心里十分不甘，但那时的我没有能力改变这个现实，只有接受它，同时下定决心一定要让家人过得幸福。要实现这

Bu fu qing chun
ye man sheng zhang
不负青春，野蛮生长

个目标，一定要考上大学，到更开放、更繁华的地方去学习。于是我不再去想韦筱的事情，从此一心一意扑在学业上。

2009 年的春节，是高考前我最后一次回家。我跟家里人说了自己的打算后，父母再次沉默了。其实在上高中之后，我就曾跟他们提起过上大学的事，也许是他们觉得时间还早，一切还是未知数，就比较爽快地答应了。可是随着高三的到来，在提到这个问题的时候，他们越来越沉默。

在他们看来，高中学历已经足够。但是我知道，高中和大学存在着巨大不同。虽然我不知道读大学究竟能够给我带来什么，虽然在很大程度上我对大学的渴望是出于好奇，而不是明确知道上大学的必要性，但我还是坚持自己的决定。

2009 年 6 月，经过三年的努力，我终于如愿以偿，考上了一所沿海城市的国家重点大学。这件事在我们家所在的村子引起了轰动。到我家里道喜的同村乡亲络绎不绝，我陪着父母，跟他们说说笑笑。在说笑之间，我却发现了父母眉眼间透露的一丝忧愁。

是啊，他们一辈子生活在这里，不曾见过外面的世界。以前，他们还可以根据自己的经验，给我提供一些经验，而如今，他们再也不能给我建议了。最关键的是，他们拿不出供我继续读大学的钱。我跟他们说，幸好学校老师说我的家庭情况可以申请助学金，另外大学课程相对轻松，可以利用空闲时间勤工俭学。当听到我这样说之后，父母总算安心了些。

同年9月，我从大西北来到了美丽的海滨城市厦门。几十个小时火车硬座的旅程结束后，一个全新的世界已在我面前敞开了大门。

我的同学来自全国各地，用不一样的方言和人生经验讲述着他们的故事。作为这所大学的一名新人，操一口带着西北味的普通话，我既骄傲又自卑。带着自己的拼劲和憧憬，我还是希望能够尽快融入其中，找到自己的位置以及未来的方向。

我一边读书，一边参加社团活动，带着一颗好奇心去了解这个学校里的人和事，去了解这座城市，去了解更多我没有接触过的新鲜事物，去学习自己在成长过程中错过了的那些东西。

我把所有课余时间都用来打工，筹集学费。我卖过二手书、网球拍，与人合伙卖过生活用品，还组建过销售团队卖电话卡。这每一段经历虽然都不长，但都让我受益匪浅。

后来，我开始做家教。在两年的家教生活中，我发现厦门的小学生的见识，要比我家乡的小学生广博许多。这不仅因为厦门更加发达，也和他们从小受到良好教育、他们的父母普遍

Bu fu qing chun
ye man sheng zhang
不负青春，野蛮生长

有较高的文化水平有关系。

看着那些初中生、高中生，有些为高考而努力，有些学着英语准备出国，有些专攻艺术，有些靠体育特招生的身份进入大学，我总会想起自己的妹妹。如果她没有辍学，现在也已经是个高中生了。

以前虽然也是聚少离多，但在我心中，她一直是一个小姑娘。大学的第一个寒假，为了省车费，加上放假时间短暂，我没有回家。等到暑假回家再见到妹妹，突然有种时间被迅速拉长的感觉，只一年没见，妹妹已经出落得亭亭玉立。

妹妹看我出神的样子笑道："想什么呢，哥？"

我回过神来，说："没什么，你已经长成大美女啦！"

妹妹说："人家早就是大美女啦，你倒是说说，是你的大学同学好看，还是我好看？"

我扑哧一声笑了，说："这个嘛，如果说都比你好看，这肯定是假的，但如果说都没有你长得美，那也不客观。嗯……各有千秋吧！"

妹妹说："真的假的，眼见为实，你得带我去厦门看看！"

我说："你就是想去厦门玩吧？我早就看穿了你的小心思。"

妹妹说："哼，是又怎样？你答不答应？"

我说："必须答应。我只有你这么一个亲妹妹，你的事就是我的事，你的愿望就是我的愿望！"

妹妹听得眉开眼笑。在后来的许多个夜里，我总是想起她用满怀期待的神情对我说，要我将来有一天，带她来厦门看看外面的世界。

后来我渐渐意识到，有些事情可以通过网络了解，有些知识可以通过读书获得，但是有些思想和意识上的东西，如果没有经历过，是永远也无法体会到的。

从两个层面举例来说，在一线城市生活的小孩儿，比在三线城市生活的小孩儿，见识要广很多。是因为他们有机会见到更多的事物，接受到更好的教育。而大学毕业生，一般会比高中生思想深刻，是因为他们经历过更多的东西，处在一个要求他们进步的大环境中。

生活在不同的地方，生活在不同的人生阶段，受到不同的教育，是形成人与人之间的巨大差异的关键因素。

作为一个生在穷乡僻壤、拼搏在沿海城市的年轻人，我知道什么是贫穷和落后，我也见识了什么叫优雅和小资。经历过各种打工、尝试过各种赚钱方法的我，在读大学第三年时，也不禁开始思考一个问题：

　　我的未来在哪里？我毕业之后应该何去何从？见过了外面的世界，我应该如何应用所学所得照顾好我的家人？

　　这些问题围绕着我，经常让我在深夜难以入眠。偶尔我也会想到韦筱，想到她的笑容，想到她给我写的同学录。她大概是因家境不好而被迫辍学了吧？又或者她正在过着更精彩的大学生活？不论如何，希望她能过得好。

　　在迷茫的时候，我突然很想远行，想去看看除了厦门以外这个国家其他的地方是什么样子。于是在大三的暑假，我先用一个月的时间打工，然后用攒下来的钱作为路费，取道海路从厦门北上，经过上海、北京、内蒙古、新疆、青海，最后来到西藏。

　　沿路我感受到了外滩的繁华，膜拜了伟岸的长城；大口喝过地道的马奶酒，也吃过美味价廉的鲜嫩羊肉；我走过西宁、拉萨，呼吸着青海湖自然的气息，向藏民的信仰致敬。

　　在拉萨的时候，我遇到了一个男孩，他是从云南香格里拉来的。他对我说，每年他们全家都会集体从香格里拉翻越雪山进藏两次。我们聊了许多关于信仰的话题，聊了许多彼此的经历，也聊到对这个国家正在发生的事情的看法。我发现他虽然只是个初二的学生，却能针对很多国家大事侃侃而谈，发表自己的见解。

"我的计划是高中毕业后，到印度去读佛教大学，毕业后回来弘扬藏传佛教。"他说。

"祝你成功。"我说。

"你呢，你以后的打算是什么？"男孩问。

"我？还不确定，我会继续摸索自己的方向。"我说。

"那，祝你幸运。"

从西藏回到厦门的路上，我回忆着这趟旅程的点点滴滴。现代、时尚、庄重、严肃、豪迈、自然、平凡、伟大，这些词语在我脑海中交织。男孩的话、妹妹的话、老去的父母的脸，交错浮现在我的脑海中，却没有人能够给我一个答案。

时间没有等我，它继续向前，我毕业了，在厦门开始了人生中第一份正式工作。我早已学会了应酬别人，学会了应付一个人的生活，学会如何维系自己的人脉。面对客户我滔滔不绝，面对朋友我侃侃而谈，但一个人独处时，我却经常茫然若失。也许在我的内心深处，隐隐约约有种不踏实的感觉，似乎这并不是我真正想要的生活。

工作之后的第一个春节，我回到了家。这里还是和以前一样，似乎四年多来毫无变化，只是我突然注意到，父母鬓角的头发

Bu fu qing chun
ye man sheng zhang
不负青春，野蛮生长

已经花白。走在路上，流着鼻涕的小孩子跑来跑去，点燃了零星的鞭炮。看到那些纯真的眼神、脏兮兮的笑脸，一股无可名状的哀伤突然袭上心头。

我想起之前的旅程，也曾经到过比较偏僻的村落古寨。一群小孩儿见到游客就开始跟着唱歌，唱完之后软磨硬泡收钱，那种半乞讨半要赖的样子，根本不是所谓的"淳朴"。他们只是穷，和我家乡的孩子一样贫穷，不论是在物质上还是精神上。

当初吵着要我带她出去玩的妹妹，开始准备成家的事情了，她已有两年没有跟我提过去厦门玩的事。当我提出春节过后要带她去厦门玩的主意后，她却说不用了。

她说："哥，我不能去给你添麻烦，何况家里面很多事也离不开我。虽然我很早就辍学了，但我没有怪过爸妈，而且我心中为你能够去大城市闯荡而高兴。我的梦想就是全家都过得好。"

梦想？听到妹妹的话，我眼睛有点湿润。我的梦想不也是希望全家都过得好吗？不仅仅是家人过得好，我也希望我的家乡会更加繁华，有更多的孩子能够到外面的世界去看看！这才是我内心最真实的声音！

这样的想法一旦产生，就再难消失。

回到厦门后，我开始筹备自己想做的事——我希望能从专业知识和心理教育两方面，为西部的中小学生提供专业的教育和资源。我一面搜集资料，一面联络一些校友前辈，打听相关行业的动态。

　　与教育行业的前辈交流的过程中，我也在不断修正着自己的想法。丰富的大学经历与积攒下来的人脉在此时派上了用场，有数位学长和学姐对我想要做的事情十分支持。

　　他们不仅抽出时间来和我探讨，还不断帮我联系靠谱的合作伙伴。有几位老乡校友也帮我打通了宁夏的一些关系，保证能够获得宁夏教育部门的支持。

　　事实证明，如果你坚定地想做一件事，那么全世界都会来帮你。几个月后，我成功找到了两个优质合伙人。他们俩的人生阅历都比我丰富，在各自的工作岗位上也都小有所成，最终能够说服他们，连我自己都觉得不可思议。

　　"也许是你的执着打动了我吧。"

　　"但是最关键的应该是，我们是同一种人，我们都有梦想。"他们说。

　　于是，我们一起辞职，来到了西北，开始做我们想做的事，过我们想过的生活。从小学到初中再到高中，从高中到大学再到工作，每一次我都是在一个陌生的、更加广阔的世界里重新开始。

而这一次，虽然回到了熟悉的地方，我却感觉人生又有了新的变化，以及值得我为之奋斗的期待。

几个月后的某天，我正在查收应聘教师的邮件，打开简历的一瞬间，先是呆了两秒，然后情不自禁地笑出了声。

韦筱，好久不见，甚是想念。

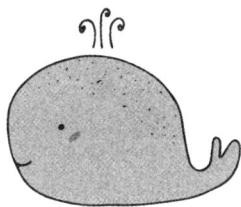

——在我有限的人生里，对于未来的忧虑是呈慢慢递增的趋势的。

从另一个角度说，恐惧不仅让我对自己的认知更加清晰和深入，也是一

股时刻鞭策我的力量。

Bu fu qing chun
ye man sheng zhang
不负青春，野蛮生长

无论何时，敢于正面你的恐惧

曾经在网上看到过几篇文章，大意是许多年轻人都在担忧未来，看着同龄人一个个在各自的舞台上崭露头角，闪闪发光，害怕自己做不到，害怕自己已来不及追上别人的脚步。但是只要你从现在开始努力，就不算晚，所以不要害怕来不及。

平心而论，这个说法没错。然而，我相信包括我在内的很多人还是时常对"来不及"感到惶恐，因为"害怕来不及"其实是一种再正常不过的心理。

人都有七情六欲，恐惧也是其中之一，恐惧本就是我们为了适应这个社会而进化出来的一种情绪。

想想看，我们什么时候会心生恐惧？

你第一次考试不及格的时候，害怕被家人责骂，害怕被同学嘲笑；第一次上台演讲，害怕演讲失败当众出丑，害怕观众不满意；第一次告白，害怕被对方拒绝，自己的付出得不到回报；第一次求职，害怕面试失败，找不到工作；第一次在工作上独当一面，害怕没有顺利完成，被同事耻笑，被领导责骂……

每一次我们害怕，都是因为可能发生一些伤害我们自身利益的事情。但从另外一个层面来说，恐惧也帮我们避免了很多风险，让我们能够安全活下去，利益不被侵害，所做的事情顺利完成。

从进化心理学的角度讲，恐惧这种情绪已经深深地根植于我们的基因中。那个无论何时都不会害怕的人，早就死在了远古时代野兽的嘴里。

除了"害怕来不及"这一常见情况，"拖延症晚期"也是大多数人的通病。网络上有那么多关于克服拖延症的文章，真正能够克服拖延症的人却寥寥无几。

拖延症真的能治愈吗？也许你可以看看这个新闻：

美国科学幽默杂志《不可思议研究年报》从1991年开始，每年都会颁发"搞笑诺贝尔奖（Ig Nobel Prizes）"，评委中有些是真正的诺贝尔奖得主。其目的是选出那些"乍看之下令人发笑，之后发人深省"的研究。

2011年，美国斯坦福大学教授约翰·佩里发布了"结构化

Bu fu qing chun
ye man sheng zhang
不负菁春，野蛮生长

拖延法"理论，主要内容就是劝大家对拖延症放弃治疗——当你做一件事出现拖延的时候，就说明你从心底抗拒做这件事。所以你可以利用拖延的时间做一些你喜欢的、想做的事。

比如办事清单上第一项，学外语；第二项，翻修厨房；然后你就可以很骄傲地说，我做完了第三项，遛狗。

拖延者不要从心理上去"对抗"拖延，而是学会"接受"自己的做事习惯，并聪明地利用它。沮丧和罪恶感只会加重我们拖延的欲望。

与"拖延"一样，我们也应该正面"恐惧"，学会接受自己的恐惧，而不是想着"我不能怕"。

其实，最可怕的不是"害怕来不及"，而是"盲目乐观"。

记得初中的时候，班里的竞争一直非常激烈。但即便如此，包括我在内的不少男生，还是会认为不管上课下课都坐在座位上死读书的人是书呆子。

在我们看来，这样的学霸确实非常无趣，但取得的成绩又是我们眼红的。为了证明自己不学习还能取得优异成绩，不少人故意装作一副不听课的样子。

"我回家从不看书。"

"周末在家打了两天的游戏。"

"哎，看什么啊，有什么可复习的？"

这些话想必大家都听过。

而当时的我实在太天真太年轻了，竟然就相信了别人的话。于是回到家后我也开始不看书、不复习，一心一意扑在游戏和漫画上，心中还想着，我也要一边疯玩一边拿高分，然后在其他同学面前炫耀一番。但是等到成绩单公布的时候，我就傻了眼。

那些不复习、不听课、不看书的同学，一个个成绩都名列前茅，而我的成绩则惨不忍睹。

初中所学的知识的深度和广度，还远远没到比较智商的时候。只要肯看书、用功，大部分人都能取得不错的成绩。那些声称自己没看书又每次考试都名列前茅的同学，只是嘴上说说，希望借此凸显自己的聪明绝顶，实际上是虚荣心在作祟罢了。我却感觉被欺骗了，一度十分生气。

但后来我渐渐明白，那时候我最大的问题其实是对学业和自己的认知不够清晰。自我感觉良好，让我忽略了实际的目标和需要为之付出的努力。

仔细想想，你认为今年一定可以实现的目标，真的能够实现吗？如果什么都不做，事情真的会如你所愿地发展吗？如果不做备选方案，真的不会发生意外吗？

Bu fu qing chun
ye man sheng zhang
不负青春，野蛮生长

有多少人自我感觉良好，没有察觉到潜在的危机，觉得一切都来得及，最终却事与愿违？

当你感到恐惧的时候，你应该觉得高兴，因为至少你知道自己欠缺什么。我的意思是，恐惧能够帮你区分什么是你在意的，什么是你不在意的。

如果这件事本身不适合你来做，你对此没兴趣也并不擅长，但你身边有人很擅长，你会感到自己被他比下去了吗？比如你是个做文案的，别人编程能力比你强，你会害怕自己来不及去学编程吗？不会。

从另一个角度说，恐惧不仅让你对自己的认知更加清晰和深入，也是一股时刻鞭策你的力量。

在我有限的人生里，对于未来的忧虑是呈慢慢递增的趋势的。虽然我是一个天性乐观的人，但最近几年，这种恐惧还是越来越多。

在工作上，有不少和我同龄的人都已经年薪几十万元；在写作上，有太多年纪比我小、写作时间比我长、比我写得好的作者。从许多维度上，我都觉得自己做的不够到位、不够好，觉得时间紧迫、任务艰巨。

我想继续深入学习广告的知识，想写好小说、故事和软文，想做好公众号，还想学习编剧的知识和提升英语水平。无论哪一项，我都能发现比我更年轻也更厉害的人，我将工作之余的时间全部投入到阅读和学习当中，还是无法追上他们的脚步，可是这有什么办法呢？谁叫我过去浪费了那么多的时间？

对我来说，恐惧就像一个永远比我技高一筹的竞争对手，它时刻提醒我，自己现有的经验和知识还远远不够，让我能够保持警醒，持续前进。

因为害怕考试不及格，我们用功读书和复习；因为害怕演讲失败，我们提前数天做准备；因为害怕工作搞砸，我们针对各种突发情况准备了备用方案……许多时候，恐惧能够帮助我们避免风险，一步一个脚印，踏踏实实地往前走。

大多数人在成长过程中都会逐渐意识到自己不是超人，当前的自己不但远远没有能力过上想要的生活，还要面对比预料中更加残酷和现实的世界，于是我们在焦虑中迎来一个又一个人生的转折点。

不过，这种恐惧感虽然时时刻刻伴随左右，但也驱动着我们不断向着自己想要的目标进发，不断变成更好的人。

所以，无论何时，坦然承认自己的恐惧，正确审视自己的恐惧，你才会真正地成长。

　　——很多时候，我们爱上一件事不是因为我们的兴趣就是它，而是因为我们通过不断的努力，终于在这件事上取得了成就，收到了正面的反馈，于是我们越发地欣喜，也越发地爱上了做这件事。

你这么努力，为的是什么？

高中的时候，我所在的班级是重点班，里面汇集了许多从市区和各县选拔出来的优等生。对于一个身处高考大省的学生而言，高中的三年可以说是学生时代最拼的三年了，但是我发现，同样是优等生，大家对学习的努力程度却完全不同。

当时我有个同班同学，大家都叫他孟主任，因为他作风老派，博学多才，智商奇高。

孟主任从不会表面上装出一副满不在乎的样子，背地里挑灯夜战，试图让同学们惊叹于自己的智商。因为他的周末真的基本上都在网吧里度过，并且就算晚自习全部用来睡觉，也能够解答一直在奋笔疾书的同桌的疑问，属于真正的天才少年。

而他的同桌阿进，虽然每天都十分刻苦，甚至利用课间的

Bu fu qing chun
ye man sheng zhang
不负青春，野蛮生长

10 分钟休息时间埋头苦学，成绩却一直不理想，还要经常靠孟主任指点。

孟主任不仅领悟能力极高，知识面也很广泛，经常会在和我们闲扯的时候聊到历史、哲学、宗教、文学，或者游戏、卡牌、电影、动漫等话题，往往在他和我们滔滔不绝的时候，阿进一直在旁边默默做着习题。

印象最深的是高考前十天，全班都在进行紧张的自由复习，孟主任却有一半的时间都耗在网吧里打游戏。而当最终考试成绩揭晓的时候，他的分数居然比阿进高了 50 分。

后来阿进选择了复读。

凡是在高考大省读过高中的人，是绝对不会想去复读的。再次走上考场的巨大压力，落后于同期同学一年的心理状态，奋笔疾书后依然毫无进步的成绩，都会把人逼疯。只有拥有极强的意志力和好胜心、能够忍耐寂寞、直面压力的人，才会选择复读。

经过一年苦读，阿进想清楚了很多事情，心境也更加平静。最终，阿进通过复读，花了四年的时间完成了孟主任只用三年所取得的成绩，考上了重点大学。

我曾经问过他，为什么一定要复读？

他回答我说，因为对自己不满意，因为想去更好的大学，学到更好的知识，看到更好的风景。同时他也相信自己，可以做得更好。

站在今天的视角看，当年的高中和同学们多么像这个社会和处于这个真实社会中的我们。

有些人家境好，从小受到精英教育，他们不费吹灰之力便能够凌驾于我们的多年努力之上，不仅如此，他们还了解许多我们完全没有接触过的东西，对我们感到陌生的东西谈笑风生，就像孟主任。

有些人出身卑微，从小自力更生、艰难生活，他们想要进步，想要提升自己的生活品质，想要过得更好，都只能通过自身有限的天赋与资源，一步一个脚印，踏踏实实地努力，就像阿进。

曾经看过一篇文章，讲的是一个女生虽然很努力地工作与生活，却无论是工作还是爱情都不如她的一个同学，这个事实让她愤愤不平，郁郁寡欢。

的确，我们上同样的高中，听同样的课程，为什么他可以上重点大学？

我们一起打过游戏，一起踢过足球，为什么他可以找到好工作？

Bu fu qing chun
ye man sheng zhang
不负青春，野蛮生长

我们在同一个重点大学，我做的实习看的书不比他少，为什么他一毕业就进大企业？

因为，这个世界本来就是不公平的，从个体角度来说，家族基因、成长环境、家庭背景，都是造成人与人之间巨大差异的原因。

但如果从宏观的角度讲，这一切又是公平的。有些人能有如今的成就，是几代家族共同努力累积下来的结果。人家的上一代人，甚至上两代人拼了命才换来的优势，当然要比你一个人几年的努力能取得更高的成就。

而上述提到的女生之所以会闷闷不乐、觉得自己的努力不值，是因为她没有意识到：人之所以要努力，并不是为了和别人作比较，而是为了自己。

而没有意识到这一点的根本原因是，她没有想过自己的目的，不知道自己为什么要努力。所以才盲目地和别人作比较，最后只能暗自神伤。

很多文章都谈过"努力"，但很少有人在谈"努力"之前，先明确"努力"的定义：努力指用尽力气去做事情，后来指一种做事情的积极态度。

基于这样的前提，人努力是为了什么？

为了逃离

不少像我一样，从小城市来，去大城市奋斗，并立志要努力留在大城市的人，都有一个共同特点，就是无法忍受回到自己的家乡生活。虽然回家之后，生活压力变小，但生活乐趣也将消失殆尽。

我和小学、初中同学基本都断了联系，高中同学和大学同学，随着毕业时间越来越长，能够聊得来的也越来越少。我无法忍受回到家乡，过起一眼能够看得到头的生活，满足于和以前的同学一起吃饭喝酒打麻将。

我厌恶走街串巷，和各种远房亲戚聊着毫无意义的话题，浪费着自己的时间，还无法使别人满意。我厌恶被各种善意的关心搞得心神不宁，被所谓的"我们都是为你好"扭曲了自己的价值观和行为准则。

所以我只能选择逃离，逃离到大城市。在这里我能够不断学到新的知识，不断充实自己，让自己可以一直成长，我能够认识更多有趣的人，结交层次更高的朋友。

这里生活便利，能第一时间看展览、看话剧、听音乐会，接触最前沿的物质和文化。我知道自己的想法很功利，但这就

Bu fu qing chun
ye man sheng zhang
不负青春，野蛮生长

是我目前努力的原因。所以我从来不会和其他比我混得好的人比较，如果我没有实现目标，是因为我做得还不够。

为了认清自己和世界

包括我在内的很多朋友，我们学生时代都很迷茫，有些到现在也依旧没有想清楚自己究竟应该做什么，自己未来的路应该怎么走。

试想，如果一个人不了解自己适合做什么，擅长做什么，对什么真正感兴趣，对什么绝对无法接受，他怎么能够合理规划自己的未来、掌控自己的人生？

很显然，光思考不实践是无法真正认清自己的，于是我们努力尝试各种各样的事物。

有人知道了自己不适合做销售，适合写文字；有人知道了自己不适合做人力资源，适合做金融；有人明白了内向的自己也可以交到很多朋友；有人发现了口吃的自己也能做演讲，做电台……

很多时候，当你真正努力过，你会发现，原来这个世界上很多事情并不是像你想象的那样。走另一条路，开始虽然艰辛，风景却更美；一天工作了 12 个小时，发现并没有想象中那么难；克服恐惧对欺负自己的人迎面还击，摸清了自己和对方的底线……

然后你会发现，很多时候，我们爱上一件事不是因为我们的兴趣就是它，而是因为我们通过不断的努力，终于在这件事上取得了成就，收到了正面的反馈，于是我们越发地欣喜，也越发地爱上了做这件事。

为了不后悔

我的一个同事，原来在武汉从事医药销售，后来因为喜欢广告，从武汉来到上海，从广告 AE（客户主管）开始做起。

他刚来上海的时候工资很低，住的地方离公司也很远，因为并非广告专业毕业，许多广告的相关知识他都完全不懂，因为怕试用期过不了，他随时带着笔记本，不论是设计、文案还是策略相关的知识，他都逢人就问，并一一记录下来。

后来他由 AE 转向做策略，便利用一切时间看参考案例，看各种广告相关书籍，经常加班到凌晨一两点甚至通宵也一定要保证产出品质。这些没日没夜拼搏的日子，让他飞速成长，成为公司的核心人员，薪水也翻了几番。

如果没有这些努力，也许当初他根本过不了试用期，也许他还是个默默无闻的 AE。

他说，有些事现在不去拼一把，总有一天要后悔。

有人想去看看更大的世界，有人想让自己的家人过上好的生活，有人追求精神上的自我满足……这都是我们努力的理由。

当然，并非所有人都在努力生活，努力也不是生活唯一的出路。这本身就是一条不好走的路，所以如果不想努力，就不用勉强自己。

一旦你踏上这条路，在到达目标前，你就要承担责任，你要忍受折磨，你要直面压力，有时候甚至要忍耐他人的误解和恶意。

但当你通过自身的努力，感受着自己一点一滴的进步，在心中积累起"我的人生由我来掌控"的自信时，会感到异常地踏实和安定。

正是这份踏实和安定，让你在面对突发事件的时候能够沉着应对，面对冷嘲热讽的时候能够泰然自若，面对世俗诱惑的时候能够不忘初心，真正活出自己希望的样子。

——这一个多月的时间，我整个人似乎走完了一条潮湿闷热又暗无天日的隧道一般。在漆黑的隧道中我看不清周围的方向，只得往前走。

不负青春，野蛮生长
Bu fu qing chun
ye man sheng zhang

裸辞是一种怎样的体验？

裸辞听起来是一件很可怕或应该避免的事，因为裸辞不仅意味着辞职，还意味着要在没有工作的情况下找新工作。在找新工作的这段时间内，没有经济收入，却还要负担生活费用。因此，裸辞这一举动，比一般的辞职更有风险，也需要更大的勇气和决心。

对于我自己来说，裸辞后的那段时间过得甚是压抑，绝对不能算是一场愉快的体验，在讲述这段经历之前，先说说我辞职的理由吧。

那是我人生中的第一份正式工作，工作内容是售卖咨询行业的解决方案，在毕业以前我一直觉得自己很适合做这个。但毕业后没多久我就发现，我自大，情商低，固执己见，不会说场面话，并不喜欢也不适合做这份工作。

有时候，我在座位上猛地抬起头来，看着周围的同事们忙得不可开交，交流着经验和见解，而我的工作内容却好像被忽略了，这让我很失落。因为工作岗位并非公司核心岗位，我经常觉得自己是一个可有可无的角色，这对于争强好胜的我来说，是绝对无法忍受的。总之，对工作的一个个小小的不满，在入职后短短几个月内，逐渐累积起来。

我心中隐隐约约地觉得，这份工作没法带给我安全感。这份不安来自内心深处的脆弱敏感，来自危机意识，来自在异乡漂泊的孤独，更来自我对于现在工作的不满和对于前途的迷茫。当这样的不满和不安积累到一个阈值时，辞职的念头就此被引燃。

在决定辞职的时候，我本可以一边上班一边找新工作。但对于没有工作经验的我，要想换个新的行业和工种，需要大范围投递简历和大量面试。处在工作岗位上的我根本没有足够的时间，只能辞职后再一心一意地找工作。

此外，我怕自己找不到待遇更好的工作便无法下定决心辞职，一拖再拖。在内心深处，我怕我的懦弱战胜了勇气，安于现状战胜了挑战自我，我只能裸辞，把自己的退路斩断。

Bu fu qing chun
ye man sheng zhang
不负青春，野蛮生长

一切的开始就在放假回来上班的第一天。那天，我偷偷地在 QQ 上跟 HR 说："告诉你个消息，请别做出过分惊讶的表情，以免影响周围同事办公。"

其实我内心是非常忐忑的，只是仍然忘不了开玩笑。

HR 是跟我同校的学姐，回答了声："好。"

我说："我想今天辞职。请问应该走什么流程？"

对方沉默了一下，给出了答案，没有问原因。她一定在想：这人疯了吧？才工作多久就辞职？不过反正也不熟，还是不多问了。

于是，只用一天的时间，我就走完了辞职的全部流程。由于工作时间不长，工作又不重要，提交辞职的第二天我就完成了全部交接工作，从此开始了奔波的求职之路。

在裸辞之前，我曾经仔细想过要找一份什么样的工作，我觉得这应该是一份我喜欢的工作，并且能让我乐在其中，然后我想到了那时候正火爆的游戏行业。作为 DOTA 和 WAR3 资深玩家，以及浸淫日剧、动漫多年的少年，我确信自己有思维、有灵感，能够做好游戏策划的工作，在游戏行业做出些业绩。只是我没有发现，这其实是我当时的主观臆断，并且隐隐约约带有功利目的，因为彼时游戏行业工资很高。

我四处寻找机会，找了许多学长和学姐介绍相关工作，但总是去时意气风发，回来时垂头丧气。而这还只是裸辞对我的摧残的开始。渐渐地我发现，事实往往比你想象的更加现实和残酷，也更加不留情面。

那时候校园招聘刚刚开始，有个学长很真诚地建议我去参加一下校园招聘。

"广州高校挺多的，校园招聘也有很多大企业，工作机会都挺不错。当然，前提是你要先把自己心里的槛过了。"他说。

在他给我建议之前，我已经考虑过这个方法了，只是一直没办法真正行动起来。校园招聘这种事去年已经经历过了，让我再来一遍？面试的时候 HR 让我自我介绍，我要如何开口说我其实已经毕业了？

多人面试的时候，那些大四的学生调侃我说"学长，今年就业形势这么严峻，你就别和我们抢工作了"的时候，我要如何回答？

开什么玩笑？

内心翻江倒海了短暂的时间，我不得不丢下所谓的自尊心，开始准备参加校园招聘的资料。

Bu fu qing chun
ye man sheng zhang
不负青春，野蛮生长

当时我住在天河区，经常顶着烈日，先乘公交车再乘地铁才能到广州大学城参加宣讲会，然后从笔试开始接受筛选。到达宣讲会现场的时候，几乎每次都已经是人山人海的场面，有时候由于人太多，现场笔试的试卷都不够用，可见当时游戏行业的工作是多么热门。

等到真正开始寻找游戏行业工作机会的时候，我才发现自己以前的游戏经验实在不值一提，见多识广又充满激情的玩家到处都是，我经常连笔试都过不了。

于是在没有面试和宣讲会的空当，我便开始详细地学习与游戏相关的一切知识，尝试对一些熟知的游戏做分析和研究。

很快我认识了一些游戏圈内的朋友，也获得了他们的帮助和支持。我将自己的分析拿给他们看，他们也会给我提出意见和建议。然而临时抱佛脚，并不能起到根本性的作用。

印象最深的是有一次，一个朋友在QQ上对我说："这已经是你的第三次修改了，恕我直言，我没有看到你的用心，或者你用心还不够……也许是我太挑剔了。"

他的话让我心里很不是滋味，我很想大声说："我已经努力了！"但最终还是没有说什么，只是默默地记下了他提的修改意见。

这位朋友从大学开始自己策划游戏，并自学程序语言，将自己设计的游戏实现，算是一位资深的游戏爱好者，也是立志要在游戏行业闯出一番天地的人。我无比羡慕他，因为他有自己的目标，并且正在实现目标的路上奔跑着。

　　而我呢？

　　我经常会把自己的想法记录下来，或者在看过一些书和电影之后写一些自己的感受，那段时间对这些事却都提不起兴趣，微博发的少了，朋友圈发的也少了。正如马斯洛需求理论所说的，当生存需求成为第一需求的时候，其他更高层次的需求就都变成浮云了。

　　有时候，毕业季的片段会在大脑中不断闪现，几个月前还在一起吃喝玩乐的朋友，如今正在自己的道路上平稳地前进着，只有我拐了弯。有许多小东西能够提醒我那些回忆，比如大学的朋友送给我的铁观音。

　　每次我撕开一包铁观音，都会泡上一半，另一半留作下次喝。带到广州来的铁观音只剩下最后一盒了，在刚刚辞职的时候，我乐观地想要在所有的铁观音泡完之前找到工作。只是当时的我没有想到，接下来的旅程会如此艰难。

　　其实我很着急。我是一个成就导向很强的人，内心十分要强。

Bù fù qīng chūn
yě mán shēng zhǎng
不负青春，野蛮生长

我希望我的工作不仅仅是一份收入来源，更是一份有前景的、能为人生增值的事业，所以我焦虑又迷茫。

裸辞后找工作的过程让我真实地体验到了从希望到绝望的不断循环。近在眼前的工作机会作废，无数的简历投递没有得到反馈。不管前一晚多晚睡，第二天的闹钟永远定在9点——我怕HR在9点上班后给我打电话我没有接到。

一起合租的舍友每天规律地上下班，而我每天在自己的房间里感受着孤独、压抑着痛苦。在参加宣讲会期间，我也在各大招聘网站海投简历。从最开始的对公司规模和薪资有要求，渐渐变为只要是游戏公司就投简历，回应依然寥寥无几。

那时候我做梦会梦到邮件通知好消息，或者梦到HR的电话。那时候我看到陌生的座机打过来，就会很激动。那时候我一次一次坐上公交车，看着珠江夜色，看着小蛮腰在遥远的地方闪啊闪，然后在羊城通"滴"的刷卡声响起的时候，默默叹口气。

那时候我的自信被一点点打碎，开始在很多方面质疑自己，整个人处于颓废和亢奋交替进行的状态。

很多人说找工作就像谈恋爱，那我去年"谈恋爱"的时候，显然是没有找到合适的"恋人"，随便凑合了一下。结果，现在遭到了报应。

后来我甚至不再坚持一定要选择广州的工作，因此也尝试着回到厦门（大学所在的城市）去找工作。其实厦门并非我理想中的工作城市，因为它和一线城市的奋斗气氛相比，稍显安逸，和北上广深与世界接轨的步伐相比，稍显闭塞。只是我已经没得选择了。

我在厦门见到了不少老朋友，重新走过一些老地方。我用自身的失败案例警示即将毕业的学弟学妹，跟学长聊了下创业经历，跟朋友谈了心中的各种不安。但尽管内心很焦躁，这座城市还是有这样一种能力，让我整个人都陷入了一种莫名其妙的放松中。

最终，在厦门的面试很顺利，那份工作也不再是游戏公司，我想，也许离那个好的"恋情"的到来，不远了吧。果然，回到广州后不久，我就收到了厦门的公司的 offer，但那时我自己完全没有想象中找到工作后的激动。也许是因为我喜欢广州，不想离开，而更深层次的原因在于，接受了这份工作的我，还是没有想清楚自己的将来。

我想起了在广州的最后一次面试：

那次面试我进入了终面，面试官分别和五个进入终面的人进行了单独交流。出来后，我发现有个应聘者还没走，就跟他

不负青春，野蛮生长
*Bu fu qing chun
ye man sheng zhang*

聊了起来。

我们互相问了下遇到了什么样的问题，猜测谁有可能被录取。

然后仿佛是冥冥之中要为我这段裸辞经历做出总结一样，他看着我的眼睛问："你也是非游戏行业不做吗？"

我一下呆住，支支吾吾说不出话。原来他和我的心态完全不一样。原来他是把游戏行业当作非做不可的事业来追求的啊！

从那一刻起，我从心底意识到，能做自己喜欢的事是多么重要，也下定决心，我一定要找到这件事，即使再一次跳槽换行业也在所不惜。

在离开广州的前一天，我一边收拾东西，一边仔细回想裸辞后的这段历程。这一个多月的时间，我整个人似乎走完了一条潮湿闷热又暗无天日的隧道一般。在漆黑的隧道中我看不清周围的方向，只得往前走。因为看不清周围，反而开始思考自己内心真实的声音。当我走出这条长长的隧道的时候，我的世界已经开始变化。

我很感谢这段裸辞经历，它让我学会了抛开不切实际的幻想，学会了摒弃高估自己的错觉，让我放下了无聊的自尊厚起脸皮，也终于能够正视自己内心的脆弱和渴求。

想到这里，我喝了一口茶，发现是最后半包铁观音。

——那时候我们都刚刚踏入社会，对许多事情还存在幻想。就爱情而言，在工作之后遇到更加完美的女性，是我们每个人的希冀。后来我们都意识到，这样的希冀多少有些理想主义。

Bu fu qing chun
ye man sheng zhang
不负青春，野蛮生长

谁还记得那些年少时光

去年我独自一人来到广州，开始了人生中的第一份工作，以及第一次合租。

一起合租的三个人跟我一样，都是应届毕业生。我和其中一个人是同事，平日里我们都叫他硕士，虽然他是本科生，另外两个分别是硕士的同学阿亮，以及阿亮的同事涛哥。

硕士是江苏人，人如其名，看到他饱经风霜的脸，有些稀疏的头发，很多人真以为他是研究生。硕士即便是放在活儿多钱少的民营咨询公司的环境下，也算是个工作狂了。理性、注重逻辑，喜欢追根溯源，是他的特质。思维能否更到位，方案能否更周全，是他的追求。从某种意义上来说，他是个完美主义者。

在合租的室友中，他是跟我最聊得来的。我们聊的东西多而杂，互联网、文学、感情生活等等，什么都聊。因为聊得比较投缘，在我离开这个公司之后我们也一直保持着联系。

阿亮是个基督徒，每个周日的上午，都会去做礼拜。我印象中基督徒分为两类，一类是会不停地向别人宣扬基督教教义的传教徒一样的信徒，一类是默默相信着耶稣从不打扰别人的信徒。我很庆幸阿亮属于后者。

阿亮是浙江人，性格内敛，眉目清秀，身高出众，虽然跟硕士一样，学的都是商科，却阴差阳错进了互联网公司做起了码农。由于本科对编程了解并不多，阿亮每天晚上都挑灯夜战，看相关的教材。平日里，他话语不多，也基本不与人争论，无论何时他都给人一种安静祥和的感觉。而到了周末，除了做礼拜，他还经常去参加一些暴走活动。他说这是在用双脚丈量自己生活的土地，他很喜欢这种脚踏实地的感觉。

涛哥是货真价实的程序员，湖北人，研究生毕业。毕业之后，涛哥做起了自己的专业活，虽然他底子好，学历高，但在与众多二本毕业却有一两年工作经验的程序员共事的时候，还是感受到了很大的压力。

涛哥人很好，在阿亮挑灯夜读的时候给予了他很多指导。涛哥也经常参与我和硕士对互联网的讨论，不过一直扮演着被

Bu fu qing chun
ye man sheng zhang
不负青春，野蛮生长

我俩鄙视的角色。在最初那段合租的日子里，海阔天空地扯淡，成为我们工作之余消磨时间的主要方式。

我们的房子租在了石牌东路，暨南大学旁边。这栋楼目测建成于 20 世纪 90 年代，非常破旧，孤零零地立在那，与周围林立的高耸建筑形成了鲜明的对比，像一个被玩坏后丢弃了的玩具。

我们的房间在八楼，没有电梯，每天上下班就当锻炼身体。下班回家走入楼梯口的时候，经常能看到老鼠。偶尔会有水从楼顶流下来，一直流到一楼，像一个小瀑布。我曾经试图寻找流水的源头，但在爬到十楼的时候因为太累便作罢了。

隔着石牌东路，房子的对面是石牌村，一个城中村。有天我们闲来无事，跑到石牌村中闲逛，一进去就被里面惊人的建筑密度震惊了。走在这个杂乱的地方，抬起头来也许就是一线天，从窗户伸出手去，好像就能够到对面的窗户。

对于外地人来说，广州既是一片乐土，也是一座孤岛。

石牌东路一带，聚集了全国各地来打工的人。站街女，洗头妹，大学生，白领，生意人……不够宽阔的路上，每每堵满了车。下雨的时候路人打起伞，穿梭在各种停滞的交通工具间，从空中俯视，好像一条灰暗的大蛇身上，开出了七彩的花。

而我也是那无数朵花中的一朵，在七八月份闷热的天气中，大汗淋漓。

老实说，我的第一份工作，跟我的兴趣毫无关系，我也做得十分力不从心。很多个不经意间，累积的一个个不满，和对未来的担忧，对自己的否定，便将我引向了一股深深的愁绪。

下班的时候，走在石牌东路，听到Beyond的《海阔天空》，看着来来往往的人群，总会想起菲茨杰拉德在《了不起的盖茨比》中写到的：

"这大都会的黄昏很迷人，可我偶尔会有挥之不去的孤寂，每当看见那些囊中羞涩的年轻职员在商店橱窗之前徜徉，捱到晚饭时间形影相吊地去餐厅填肚子，我知道他们也深有同感——我们这些薄暮中的年轻职员啊，正在虚度一生中最灿烂的年华，一夜中最美好的时辰。"

那时候我觉得他写的就是我。

九月底，涛哥突然宣布他离职了。

我们都觉得很惊讶，因为他的公司和待遇都非常好。更令我们意外的是，涛哥以迅雷不及掩耳之势加入了一家待遇和名声都比上家公司差一些的小公司。问及离职原因时，涛哥支支吾吾半天，最后归因为一句单纯的，干得不爽。

而问及为何如此迅速地决定加入一家新公司的时候，涛哥的回答更令我们大跌眼镜，他说："因为 HR 承诺说，9 月底加入，10 月份的黄金周我是有薪水的。"

涛哥的新公司是国企，没什么年轻人，也不加班。经常出现所有人都离开了，只剩他一人在公司加班的情况。于是他的作息规律也渐渐改变。涛哥辞职这件事对我影响很大。

在我看来，一份工作至少要做满一年再跳槽才会有工作经验的优势，而涛哥如此草率地换工作，令人无法理解。几年后当我再次想起这件事时，我突然意识到，也许涛哥有什么难言之隐，才随便说了个理由搪塞我们吧！

毕竟我们已经过了把每一个行动原因都坦诚相告给新结识的朋友的年龄。

很长一段时间以来，在我们谈论的所有话题中，占比最大的都是爱情。这样的谈话偶尔会让我有种仿佛还在大学宿舍和舍友聊天的感觉，体会到一种似曾相识的气氛。

硕士的恋爱史并不丰富，值得频繁提起的是他大学时代的一段爱情经历。我们已把这段经历前前后后的细节都了解了个遍，根据硕士提供的线索，建议他及早忘掉过去，凭他的实力，完全可以快速开启新的感情篇章。那时候硕士对我们给出的建议总是不置可否，也许是他心里还怀着一丝希望。

阿亮是我们之中最沉默寡言的一个，他以前的经历我和涛哥也不得而知。相处这么久，我对他了解得最少。不过从他经常读书、喜欢参加徒步等活动来看，阿亮是个热爱生活的好青年。

后来，他开始频繁地去深圳，我们都猜是去与妹子幽会。只是每次回来的时候，我们问他进度如何，他总回答说，还那样。

提起爱情，涛哥总会想到结婚。毕竟作为研究生年纪已经比较大了。比较悲催的是，他之前也没什么特别的感情经历，再加上我们也不是很关心他的情感历程，所以在聊天的时候，总是象征性地建议他赶紧找个妹子回武汉结婚。涛哥很赞同我们的意见。

"再过几年就回武汉。"涛哥经常这么说。

那时候我们都刚刚踏入社会，对许多事情还存在幻想。这种感觉有点儿像是大一新生对于大学生活的幻想。就爱情而言，在工作之后遇到更加完美的女性，是我们每个人的希冀。后来我们都意识到，这样的希冀多少有些理想主义。

总的来说，那时候我对自己的工作并不满意，这其中更深层的原因，是对自己的不自信和对未来的迷茫。于是我变得有些压抑。在那段日子里，我爱上了石牌东路的潮汕牛肉丸和暨

Bu fu qing chun
ye man sheng zhang
不负青春，野蛮生长

南大学旁边的山东饺子。一个人待在房里的时候，感受食物充盈了自己虚弱的胃，给身体带来新的活力，是我为数不多的享受。

后来我终于受不了这样的状态，决心换个环境重新开始。在离开广州之前，跟公司同一批入职的同事一起吃了个饭，聊起几个月以前刚刚入职时我们一起参加拓展培训的事情，仿佛已经过了很久。然后就在冬日里的一个早晨，我收拾好了所有的行李准备走人。临别跟涛哥、阿亮和硕士分别打了个招呼，口中念念"后会有期"。

又过了几个月，硕士离职去了上海，开始从工作狂的状态中抽出一些精力来，用到更多在之前的他看起来比较无聊的事情上，他希望让自己变成一个更有生活的人。

阿亮被问起和妹子的进展如何时，仍然说"只是朋友"，后来干脆就说已没了联系。再后来，涛哥竟然神奇地找到了结婚对象，而且又要换工作了，工作地点在深圳。

我从社交软件上了解着他们的最新动态，逢年过节偶尔寒暄几句，却再也没有见过他们。

直到我离开石牌东路的那一天，都没能认识一个邻居。

第四章

世界那么大，我凭什么妥协

——其实阿翔并不指望这个人，眼看着时间临近，紧张的心情像一张弓，渐渐拉满。他会来吗？检验人性底线的时刻就要到来。

黑车逸事

"这地方真的是上海？"阿翔在出租车上惊叹着。窗外一片黑漆漆，没有房屋，似乎是一片片田地。

"侬不晓得，侬那个地方我是真的不愿意去……"出租车司机是个花白头发的老头，一边开车一边喋喋不休。

阿翔正在赶往女朋友的住处。女朋友小笑刚刚来上海工作，工作地点在上海南汇。一开始阿翔以为南汇只是浦东的一个地铁站，就像陆家嘴、龙阳路地铁站一样，没想到这地方的偏僻程度已经超出了想象范围。

荒郊野岭，只有这四个字能够形容。

"从南汇再往前走十几公里就差不多到东海了，你想想这离市中心有多远。"司机说。

Bu fu qing chun
ye man sheng zhang
不负青春，野蛮生长

听了这话，阿翔赶紧瞄了一眼计价器，90！他赶忙问司机，还有多久到南汇。

"还有……我们现在大概只走了一半路吧。"司机说。

"真贵……哎哟！我行李呢？"

旁边闪过一辆黑色的车，让阿翔突然想起自己从龙阳路地铁站出来的时候，带着的行李可是两件！但现在自己只剩一个背包了，那个手提袋去哪了？妈呀！忘在那黑车上了！

这几天在外地出差，阿翔本想周五上午买了汽车票赶回上海，没想到只剩下午的票了。一路上大巴时快时慢，天气越来越差直至开始下雨，大巴简直是龟速前进了。

到了上海南站，已经是晚上8点多。

女友小笑来上海之前，就已经把几包行李寄到了阿翔的公司，包括一床被子，为了让小笑能盖上被子，他要先回公司拿，再去找小笑。

从地铁站下来走到公司，阿翔淋了一路的雨，到了公司，锁又出了故障打不开。阿翔把坐了6小时大巴的疲惫、淋雨的不爽和打不开锁的霉运全部化作一声怒吼。吼的时候他哪里会想到，这一切远只是刚刚开始。

经过多方询问，阿翔总算开了锁，拿到了小笑的被子。于是他背着包（里面有出差的衣物、小笑的电脑和给小笑买的纪念品），提着沉甸甸的被子，又一次冒雨走向地铁。到了龙阳路的时候，大概是晚上十点二十，果然已经没有去南汇的地铁了。

阿翔走出地铁站出站口，正寻思着是否要打个车，突然听到一个声音似乎在呼唤他。

——南汇南汇，南汇走不走，南汇只差一位了啊！上车就走！

循声望去，阿翔眼前出现一满脸横肉的矮胖男子，他穿着条纹 polo 衫，七分裤，平头，肚子异常凸起仿佛怀胎九月，一脸凶神恶煞。

此时此刻，胖子正瞪着那双玻璃球似的眼睛，探照灯一样扫视着出站的人。一旦有人对他的话有所反应，他便马上以迅雷不及掩耳之势冲上前去，并能克服自己巨大身体所产生的冲力牢牢停在别人面前。

于是他停在了阿翔前面。

胖子："去南汇吗？南汇差一位！"

阿翔："多少钱？"

胖子："70！"

阿翔："太贵了，能不能便宜点？"

Bu fu qing chun
ye man sheng zhang
不负青春，野蛮生长

胖子："60，60 怎么样？"

阿翔："开什么玩笑，刚有个人跟我说 50 我都没答应！"

胖子："50 就 50，不能再低了，你从这打个车过去要 150 以上，绝对不如坐我的车划算！"

阿翔虽然没怎么坐过黑车，但也知道，黑车司机嘴上喊着"差一位"，实际上有可能还差"三四位"，这些哄乘客上车的手段，让阿翔嗤之以鼻。

他心想，目前先答应，然后看看能不能用手机里的 APP 叫个更便宜的车。于是他跟着胖子来到了他的车旁。车里已经坐着一个瘦高个了。

阿翔并没有进车，只是站在外面看着胖子像一只猎犬，钻入人流之中，一面吠叫，一面寻摸着宁可错杀一千，不想放过一个。

街边站着一排黑车司机，有摩托车，也有轿车。与其他黑车司机相比，胖子显然更加活跃，更加引人瞩目。他一会儿钻入人流，一会儿又返回，返回的时候往往是围绕着某个特定的目标。

只要有人说要去南汇，他便死缠烂打直至那个人对他怒目而视也不放弃。等到目标最后坐进出租车或者远远离开，他才回到黑车队伍的附近，丝毫不见一丝沮丧之情，像是已经做惯了这种事，也习惯了别人这么对他。

这时候坐在车里的瘦高个推门而出，问胖子："嘿，怎么还不走啊？"

胖子说："马上，等我再找一个，再找一个就走。"

瘦高个没再说话，也没再坐进车里，点上一根烟，吐了口烟圈。

终于又来了一个人，穿个黑衬衫，胖子像捡着宝了一样，替他拎着行李，围绕在他身边。

瘦高个把烟屁股丢在地上，说："该走了吧？"

胖子说："马上走，你们先上车。"

于是阿翔和黑衬衫把行李放进了后备厢，三个乘客都坐到了车上。

上车后，三人都以为胖子会马上开车，没想到他朝着路的另一头直勾勾地走了过去。远远看过去，胖子在试图邀请一个年轻女孩乘车。女孩短发，白衣，双手把一个包抱在胸前，貌似有些骄矜。胖子肢体语言丰富，不停摇头晃脑，女孩却不为所动。

这时候瘦高个说话了："刚才那女的在车上，本来已经答应他了，后来又下车走了，可能是觉得和几个男人拼车有点儿危险。"

黑衬衫说："那必须啊，人家肯定会想，万一我们跟车主认识，专门在这设套骗财骗色怎么办？我要是她我也下车走人。"

胖子对着女乘客软磨硬泡了五分钟，女乘客不但没有意向跟他走，反而逃到一个还在营业的报刊亭下，耀眼的灯光下，胖子脸上的坑坑洼洼被她看得一清二楚，让她心生厌恶。

胖子无功而返，似乎在骂骂咧咧，走近三人的时候，大家发现他脸色阴沉，身体好像被充了气似的肿了一圈。

黑衬衫摇下车窗说："走吧，别犹豫啦，人家姑娘看我们这四个男的坐车上，哪敢来啊？"

胖子气呼呼地坐入车里，开动发动机。三个乘客还没来得及高兴，胖子就在前方的路口向右转，然后把车停在了路边一个公交站台旁，冲着等公交车的一群人喊了起来：

"南汇南汇，就差一个人了，上车马上走！别等公交了，都快 11 点了，公交早停了！"

折腾一圈没人理他，车里的三个人却开始焦躁起来。

瘦高个："这人太贪了，非要找第四个人。"

阿翔："没错。"

黑衬衫："赞同。"

等胖子又上了车，又开动了发动机，大家又以为光明就在前方了，胖子却在前面的路口右转，又停车下去拉客。

望着胖子远去的身影，焦躁的情绪在车内蔓延开来。

瘦高个："见过贪的，没见过这么贪的！"

阿翔："没错。"

黑衬衫："赞同。"

胖子依旧无功而返，三人再次燃起希望，却没想到胖子绕着地铁站转了一圈，又回到了最开始停车的地点。

阿翔看了眼时间，已经11点多了，这时候还不走，到底要等到什么时候？

他调侃道："哎，师傅你买个喇叭吧，就录一句话：'南汇南汇，就差一个了！上车就走！'然后把喇叭放汽车顶，循环播放，绕着这儿慢慢绕圈好了。这样比较省嗓子，人家也觉得你比较专业。今天别转了，送完了我们回家录音吧。"

黑衬衫说："做人要讲诚信，你刚才说要走，大伙都信了你，结果你这一而再再而三地玩我们，不太好吧？"

瘦高个也满腹牢骚："你看看这都几点啦？！"

胖子摆了摆手，好像要说什么，却又似乎懒得纠缠，他很

Bu fu qing chun
ye man sheng zhang
不负菁春，野蛮生长

坚决地关上车门，向地铁口走去。

从这个时刻开始，车内的气氛变得很微妙，胖子显然在触碰三个人对金钱、时间和耐性的底线。车内每个人都感受到了其他人焦躁的情绪。

黑衬衫首先坐不住了，他冲瘦高个和阿翔说："咱们就下车吧，拼一个别人的车。这人太贪了，这样下去不知道要等到什么时候才能走。"

瘦高个没出声，阿翔表示了赞同。三人推门而出。

胖子听到后面有声音，回头一看发现三人都出来了，黑衬衫打开了后备厢准备拿行李走人，赶忙返回来拦住他说："什么情况，别走啊？"

黑衬衫说："兄弟不是我说你，你这做人不能太贪。"

阿翔其实已经很生气，他有一个月没见到小笑了，恨不得马上见到她。他今天一天都很不顺，没想到最后还遇到一个这么讨厌的黑车司机。

于是他说："不是我们说你，你这么做实在是让我们没法好好坐你的车了。"

胖子刚要说一些圆场的话，瘦高个开始发飙了："谁有那闲工夫跟你在这耗着？我们不要回家了？今天也是让我遇到了算我倒霉！"

胖子听了这话，说："你要不想坐了，你走！马上滚！"

黑衬衫以为胖子在对他说话，唰的一下拿出了行李箱，转身就要走。

胖子赶忙拦住他："别走啊！"

黑衬衫："你不是让我走吗！"

胖子指着瘦高个说："我说他呢！来来来，咱们三个回去，马上走！"

瘦高个在后面怒吼："老子今天就是花 200 块钱，也不坐你的破车！"

几个人的争执吸引了其他黑车司机围观，他们看阿翔和黑衬衫上了胖子车，其中一个便上前与瘦高个攀谈起来。他与胖子是朋友，这样的事似乎已看得习惯了，瘦高个一边吞云吐雾，一边发泄着心中的不爽。

阿翔和黑衬衫毕竟还是太年轻了，刚刚坐进车里，就又被胖子放了鸽子。

今晚到底还能不能走啊？此时此刻，两人的内心是崩溃的，似乎都没有力气再次打开车门了。

胖子遛了一圈回来，还是没有接到新的乘客，他看见瘦高

Bu fu qing chun
ye man sheng zhang
不负青春，野蛮生长

个在一边抽烟，又动了心思：我给他一个台阶，他就不知道给我一个台阶？我赚了钱也给他省了钱，这道理他应该能懂吧？

于是胖子对瘦高个说："你走不走？走我们现在上车马上上路！"

瘦高个一下子气上心头，把手上的烟摔在地上说："你给我走！我不坐你的车！你牛什么？老子又不是没钱！"

胖子估计也很少被这么呛声，气得抬起手来就要打，但理性还是让他克制住了自己。

瘦高个虽然比胖子高了一头，仍是吓得缩了下身子，然后一声惊呼："你想打我？有本事你打？"

旁边的黑车司机马上上前相劝，两人都是一脸气急败坏。

真烦！

目睹了整个过程的阿翔，再也无法忍耐这个言而无信的人，再也无法忍耐这个霉运不断的夜晚。他看了看手机，电不多了。小笑在上海工作的地方他也没去过，刚刚用各种打车软件查了，都要一百多块，可见那里很偏僻。

为了能在手机没电关机之前与小笑联系上，同时为了让这个丑陋嘴脸的胖子受到更大的打击，他暗暗下定决心。

于是他推门而出，冲着还在与瘦高个争执的胖子说："我手机没电了，我必须走了，我不坐你的车了，再见。"

说罢转身走到路边，拦下一辆出租车，径直而去。胖子追到他上车的地方，眼看着50块钱在自己眼前溜走，一脸郁闷颓丧。而阿翔望着窗外的胖子，觉得自己花一百多块钱，不仅买了自己的痛快，还买了别人的不痛快，心里着实开了花。

一股快感涌上心头，言而无信的死胖子，活该!

然而当出租车开到荒郊野岭的时候，阿翔突然想起了小笑的被子落在了胖子的后备厢里，他慌了。

阿翔一瞬间变得非常难受，后悔、郁闷、无奈、担忧，种种情绪糅合在了一起。一会儿怎么和小笑交代? 如果只是一床被子还好，但万一里面还有别的贵重的东西呢? 也许就因为自己只把那包行李当成是被子，刚刚又太生气，才会遗忘了。怎么办? 没有胖子的联系方式，也没有车牌号，连车的颜色、款式，阿翔也一无所知。报警? 估计很难，去年自己丢了钱包都没有找回来。

将近凌晨一点，阿翔总算到了小笑住的地方。

一进门，小笑正穿着睡衣，对许久未见的阿翔粲然一笑，走上前来想要拥抱他。

阿翔说："你……寄过来的被子里没什么重要的东西吧?"

Bu fu qing chun
ye man sheng zhang
不负青春，野蛮生长

小笑停下脚步，皱起了眉。

阿翔颓丧着脸："我把它落在黑车的后备厢里了。"

小笑听了这话，表情迅速黯淡下去，转身趴在沙发上把头埋进胳膊里。看到她这个样子，阿翔心里更加难受。他默默蹲在沙发边，问小笑里面还有什么东西。

小笑过了一会儿才说："怎么能把它丢了呢？怎么这么不小心呢？那里还有我一双刚买的鞋，还有好多衣服！"

阿翔说："你别这样，我也很难受啊，我今天一天都很倒霉你知道吗？"

小笑不再说话，她知道阿翔这一天过得并不顺利，她能够站在阿翔的角度上考虑这件事，只是平白无故丢了东西，怎能不觉得可惜？怎能忍住不生气？

当初为什么不能再等一等？为了一时痛快，为了让胖子得到教训，更为了早点见到小笑……而结果是，阿翔花了更多钱，却丢了行李。

事情的阴差阳错让阿翔变得可笑又可悲，让他的行为显得盲目和幼稚，更让这次见面变得异常沉默，两人都不知道接下来应该如何面对对方了。

这一夜两人无话。

阿翔猜测那个胖子一定每天都在那里拉黑车，他打定主意，第二天晚上要再去龙阳路地铁站等他。但他随即又想起胖子的贪婪和那副丑陋的嘴脸。他会不会把行李丢进河里？会不会把能用的东西分给自己的亲朋好友，把用不上的东西烧掉？或者他小人得志，以此威胁我怎么办？最坏的情况是，他第二天晚上不再出现，那想拿回行李的可能性真的是微乎其微了。

　　无数的念头搅得阿翔烦躁不堪。

　　第二天白天，他把这个主意告诉了小笑。小笑似乎已经不再生气了，只是内心深处依然耿耿于怀。

　　小笑说："别去了，怎么可能找得回来？我不生你的气了。"

　　阿翔有些犹豫，但觉得自己既然话已出口，就不能不兑现诺言了。

　　小笑又问："如果没见到他，你怎么办？"

　　阿翔说："那我就先回自己租的房子好了，再来这边的话又要拼黑车了。"

　　小笑说："我想要你在这陪我……"

　　阿翔说："这样吧，如果我能拿到行李，我再坐他的黑车回来，反正也没有别的车。"

　　小笑似乎还想说什么，她用又关切又纠结的眼睛望着阿翔，

Bu fu qing chun
ye man sheng zhang
不负青春，野蛮生长

最后只吐出一句："好吧……"

九点半，阿翔到达龙阳路地铁站。他先绕着地铁站周围走了一圈，查看了一下地形。戴着耳机，他觉得自己也有点便衣侦探的味道了。这时他遇到一个巡警。

阿翔："哎，大哥，问你个事。"

巡警："说吧。"

阿翔："是这么个事……"

巡警："哦。这种情况下……要是他不给你，就报警；要是他说东西丢了，让他带着你去找回来，否则报警；不过，我不负责这事……"

阿翔："……"

走到昨晚停黑车的地方，已经有几个黑摩托停在那儿。阿翔与其中一个大叔攀谈起来。

阿翔："大叔，有这么个事……"

大叔："哦，他长什么样？"

阿翔："一个胖子，肚子特大，矮，老，平头。"

大叔："这人我知道！你放心，我碰到他帮你问问！拿了人家东西不能不还……"

阿翔："就是！大叔您是明白人。"

其实阿翔并不指望这个人，眼看着时间临近，紧张的心情像一张弓，渐渐拉满。他会来吗？检验人性底线的时刻就要到来。他一边继续与先后到的黑车司机攀谈，一边瞪圆了眼睛，探照灯一般四处扫射。这时候一辆白色轿车停在路边，胖子的身影出现。

二人对视不到两秒，立刻互相认出了对方。

阿翔："哎，哥们！"

胖子："哟，你怎么又来了？又来打黑车啊？"

阿翔："不是啊，我这不是昨天晚上把行李落在你后备厢了吗，今晚过来拿。"

胖子脸上的肉抽搐了一下，皮笑肉不笑的样子，让阿翔忐忑不安。

胖子："嗯……你的行李是吧……"

阿翔："是是是。昨晚我一时着急，忘了拿行李。"

胖子："那你昨晚上急什么呢？"

阿翔："昨天女朋友过生日，不能不急啊。"

阿翔早就准备好的台词脱口而出。刚刚和他攀谈的黑车司机显然是胖子的朋友，这时候也加入二人的聊天。

他说："你去给我们俩买两瓶水，回来就把行李给你。"

Bu fu qing chun
ye man sheng zhang
不负青春，野蛮生长

阿翔自知昨晚自己的表现也非常强硬，此时不能再对这些斤斤计较，便赶忙跑去买了两瓶水，路上他寻思着，看样子行李总算找回来了，对小笑有了个交代。他把水毕恭毕敬地递给二人。

胖子："我实话告诉你吧。经常有人把东西丢在我车上，笔记本电脑啊，苹果手机啊，人民币啊，我哪次不是给人家还回去了？"

阿翔露出一脸钦佩的表情："是是是，胖哥是实在人。我今天还坐你的车，还去南汇，如何？"

胖子："上车吧。车里等一会儿，我再拉几个人就走。"

阿翔一颗悬着的心放了下来，坐进了车里，而胖子再次逆向钻入了地铁口过来的人流之中。

将近一小时后，胖子终于带着三个人回来了。

坐在胖子的副驾上，阿翔总有一种轮回的即视感，似乎今晚变成了昨晚，他不知道自己是该高兴还是该郁闷。

胖子："你看看，要不是你昨晚太急，今天也不用过来。年轻人，不要那么急，慢慢来，一切都来得及。你这行李要是没找回来，你女朋友得骂你吧？就算她不骂你，她心里肯定不痛快。以后吵架的时候，总把这事拎出来，你受得了？你呢，你也是一片好心，你也委屈啊。这种情况下，轻则不爽，重则分手。你说是不是？"

阿翔只得一个劲地称是。

阿翔："胖哥你说得对，以后我来龙阳路还坐你的车！"

胖子："嗯，对了，这回车费你给我150吧，你可别觉得我坑你。你这行李是我儿子从浦西送过来的，来回大概也得有60公里，再加上去浦西的路费，差不多了。再说了，我就猜到你今天可能会来找我，我要是不来的话你就没辙了吧？等你把行李给你女朋友，不就皆大欢喜了？"

阿翔刚要说什么，胖子摆了摆手，作了总结陈词：

"春宵一刻值千金，与千金相比，150块人民币算什么？你说是不是这理？"

——血一点点渗出，鲜艳夺目。疼痛一瞬间让萧颐回忆起母亲站在厨房，吮着被割破的手指的样子。紧接着记忆跳转到母亲去世前的那天，最后一次握住她的手的画面。

不要在悲伤的时候谈恋爱

母亲去了，在癌症的病痛折磨了她9年后，就这么一声不响地走了。

上一刻，萧颐还在和亲戚们聊着天，转过头看的时候，母亲戴着氧气罩，双眼安静地闭着，平稳地靠在枕头上。

只一个不留神，时间仿佛在一个短暂的瞬间跨越了萧颐从小到大的全部人生，浮光掠影般的记忆，灰白的、彩色的，一个不留神挤入萧颐的大脑，快到她来不及感知。

再一转身看过去，母亲已歪歪斜斜地倒在了竖起的枕头下。紧接着医生开始抢救，但大家都明白，这次抢救已无太多希望。第二天凌晨五点，母亲还是去了。

周围众亲属哭成一片，萧颐却异常冷静。

"你们别哭了！先把该做的事情做了！"她一开口，周围立刻变得安静下来，亲戚们在她的指挥下开始忙碌起来。

01

萧颐出生在福建南平一个普通的家庭。她的童年非常快乐。父母工作稳定，虽然不算大富大贵，却也过得无忧无虑。

萧颐的母亲在家庭教育中扮演着严厉的角色，而她的父亲则扮演着朋友的角色。他平日会花更多的时间陪萧颐玩，给萧颐买礼物，甚至自己的私房钱，都会和萧颐平分；而母亲似乎总是在忙碌，白天忙工作，下班忙着做饭和家务，偶尔还会严厉地管教不听话的萧颐。因此在萧颐的童年记忆中，父亲的形象占据了更大的空间，始终留存在最美好的那一部分记忆里。

萧颐的父亲萧义博出生在厦门的一个传统家庭里，在遇见萧颐的母亲方瑜之前，他一直是一个风流倜傥的浪子。尽管已经到了该结婚的年纪，萧义博却对家里介绍的每个相亲对象都不满意。那时候他正因相好的女人嫁作他人妻而黯然神伤。

有一次萧义博到南平出差，忙完工作，身处于这样一个陌生的城市，伤感的情绪又涌上心头。于是他走进一个小餐馆，准备借酒消愁。

萧义博喝得脸色微红之时，年轻漂亮的方瑜出现在餐馆里。

四目相对，萧义博大脑顿时一片空白。下一秒，便呜哇地吐了一地。

方瑜冷漠地看着这一切，也没有说什么，竟转身走了。

第二天，萧义博请了假，又来到那个小饭馆，向老板询问昨天来的那个女人究竟是谁，说着送上五块钱表示感谢，并为昨天吐在他店里表示歉意。那个年代，五块钱足以打动一个小店老板，于是他便一五一十地跟萧义博说了。

当天，萧义博就来到了方瑜单位的门口，焦虑不安地等待方瑜下班。虽然方瑜的衣服已经换了，但萧义博还是第一眼就认出了她。方瑜当然也认出了眼前的人就是昨天那个醉鬼，眼里闪过一丝惊讶。

从那天起，萧义博就开始对方瑜展开了穷追不舍的攻势。

方瑜表面严肃，实际上还是一个没有恋爱经验的女生。最开始，她被萧义博吓坏了，每天都躲着他走。但时间一长，她被萧义博的执着打动了，开始愿意和萧义博在下班的路上同行，听他讲厦门的故事。情愫就在这样的日子中慢慢滋长。

02

很快，萧义博出差结束，必须回厦门了。回厦门之前，他向方瑜保证，一有机会就回来看她，然后留了她的地址，答应会给她写信。

Bu fu qing chun
ye man sheng zhang
不负青春，野蛮生长

回厦门之后，萧义博便和方瑜开始了书信往来。书信越积越多，思念越累越深，四个月后，萧义博终于又争取到了去南平出差的机会。

再次见面，他和方瑜都已明白，自己已深深爱上了对方。两个年轻人开始谋划他们的未来。可是，当萧义博告诉父母自己的打算时，父母竟坚决不允许他和方瑜在一起，一定要萧义博找一个厦门本地的女人作老婆。

萧义博一气之下离家出走，和方瑜私定了终身，就在那时，方瑜怀上了萧颐。

最开始的半年，萧义博和家里基本断了联系，他凭着自己的经验和手艺在南平找到了一份不错的工作，和方瑜过起了甜蜜又满足的生活。后来，萧义博的父母得知方瑜已经怀孕，态度开始缓和了下来。可是萧颐出生后，他们的关系并未前进，只因为萧颐并不是男孩。

但毕竟萧义博是独生子，两三年之后，他和方瑜终于开始和家里有了一些来往，不过也只限于此。作为女儿的萧颐，几乎没有感受到来自祖父母的关心。这两个人的样貌，在她的童年回忆里也不过就是两团模糊的轮廓。

但是，还好，萧颐的童年并未因此而失去什么。反正祖父母这样的存在，对萧颐来说，并不是必须的。只要有父亲和母亲就好了。

但对方瑜而言，丈夫为了自己和女儿，与家里的关系一直不能恢复如初，这件事始终让她耿耿于怀，并在她心里种下了一颗种子。

在接下去的十几年里，这种子在方瑜心里生根发芽，牢牢地与她融为一体：她所做的一切事，都是为了家庭。为了家人能过得好，自己受点委屈没什么大不了。

于是面对女儿的时候，她变得更加严厉，她相信这样有助于女儿的学习进步。吃饭的时候，她会让女儿和丈夫吃新鲜的饭菜，自己把舍不得处理的剩饭剩菜处理掉。平时生了一些小病，能不吃药就不吃药，能自己拿药决不去医院。

她忙得一团转，她要丈夫和女儿幸福，而时间就在这忙碌中一点点流逝。

03

萧颐渐渐长大了，遗传了父亲的洒脱与母亲的坚忍，她长成了一个活泼开朗的女孩。

从初中开始，萧颐就已经有了追求者。那些胡子还没长出来的小男生所谓的追求，在她的眼中看起来非常可笑。倒不是对他们的追求不屑一顾，只是她实在无法对那些追求者心动。毕竟，她的父亲才是她理想中白马王子的模板嘛。

Bu fu qing chun
ye man sheng zhang
不负青春，野蛮生长

高中的萧颐出落得更加亭亭玉立。一头短发显得清爽干练，却仍透出一种说不出的少女的妩媚，那青春的样子，仿佛全身笼罩着一层光。于是，更多追求者前赴后继而来。

"男人不坏女人不爱"又一次在萧颐身上被证实了。某天放学，她终于接受了一个看起来很坏的男生的邀请，准备和他的朋友们一起去KTV。虽然这个男生看起来不学无术，但萧颐能发现他身上的某些特质。那是一些能让她感到安全的特质，虽然她也说不清楚。

然而就在那一天，她亲眼看见自己的父亲搂着一个陌生女人进了KTV对面的酒店。

那一瞬间，生活的齿轮好像卡了一下，从此开始往另一个方向运转了。

但那时候萧颐还没有意识到，萧义博的出轨只是一个序章，由此引发的一系列阴霾还潜伏在黑暗中。

面对女儿的质问，萧义博没有丝毫隐瞒地承认了，很快方瑜也知道了这件事。比起女儿的激动情绪，她的悲伤要更加沉重和决绝。

萧颐一度试图威胁小三远离她父亲，却并未奏效，只是逼得萧义博远远离开了这个曾经温暖的家庭。

就在这时候，方瑜被查出了鼻咽癌。

医生说，方瑜没有家族病史，福建的空气也很干净，会得这样的病，完全是多年积劳成疾。而萧义博出轨这件事，竟成了发病的最大诱因。

不幸中的万幸，鼻咽癌是癌症里最轻的一种。马上开始治疗，还有痊愈的可能。萧义博还算有良心，答应萧颐会好好照顾她母亲。

于是，接下来的一年多时间，萧颐继续在南平读高中，萧义博在福州的医院照料方瑜。

萧颐从此学会了强颜欢笑，只是，她再也没有跟那天邀请她的男生说过一次话。

两年后，方瑜病愈。医生说，只要五年内复查不到癌细胞，应该就可以放心了。萧颐考到了厦门大学，学了市场营销专业。而萧义博，最终还是提出了离婚。

04

对于萧颐一家来说，两年的时间，已足够他们去适应彼此身份的转变。萧颐与母亲坚定地站在一起，与父亲和平地分开。

毕竟，事已至此，哭闹又有什么用？方瑜说她欠萧义博太多，索性就此一次性还清。对于父母的决定，萧颐表示尊重，此时此刻，她只想逃离，逃离这个支离破碎的空间，逃离这物是人

Bu fu qing chun
ye man sheng zhang
不负青春，野蛮生长

非的一切。

9月，厦门的天还很热，当萧颐迈入大学的校门，看到如此多陌生面孔的时候，内心竟小小雀跃了一下。

"这里没人知道我是谁。我终于可以不用再与同情的目光对视了。"在萧颐看来，这里是人生的新开始。

实际上也确实如此。

后来回忆起之前的日子时，萧颐发现，她大学的四年时间，是萧义博出轨后相对比较快乐的四年。

尽管她一直不缺追求者，身边也总围着男闺蜜，她对于感情的渴望却并不强烈。这四年她谈过两段恋爱，每次一年，之间间隔一年。每段恋情的男朋友都不坏，也都会给她足够的关心，但她始终觉得，他们没办法深入到她内心。

偶尔，她会做噩梦。

梦中有她第一次看见萧义博搂着那个女人进宾馆的画面，但更多时候，是童年一些不曾被意识触碰的角落，隐隐约约露出了一丝曾经存在过的痕迹，那里只有母亲。

虽然大多数面对母亲的时候，她都是严厉的，但看到萧颐取得好成绩时，母亲也是最高兴的。看到萧颐津津有味地吃上自己做的饭菜时，母亲才会开始吃饭。每次天气变冷提醒萧颐加衣服的，也是母亲。母亲的形象就这样，在离家的日子里，越发鲜活起来。

每到假期回到家里，母亲对她和以前并没有任何不同，甚至连房间的摆设和父亲的衣物，还原样保留在同样的位置。这种假象有时候让她以为，下一个瞬间父亲就会下班回家敲门进来，然而马上她又在心里默默责怪自己：这样的父亲，有什么回来的必要呢？

病愈之后，方瑜也已经意识到自己之前有很多不好的生活习惯，她开始学着对自己更好一些。可是女儿一个人在外，每天面对着这冷清的空间，萧义博的衣物让她睹物思人，她憔悴苍老得越来越明显了。

05

很快，萧颐大学毕业，进入了厦门一家创业公司。

为了尽早适应社会，在大学期间，她就已经到处打工了。因为外形姣好，做咖啡馆服务生的时候，咖啡馆的生意很好；因为性格开朗，做培训机构兼职老师的时候，学生们也都很喜欢她。

这些实习经历，让她很快适应了工作节奏，大学里学的知识加上平时的积累，她对自己的工作很快上手，并在一年的时间内成为公司的核心力量。

Bu fu qing chun
ye man sheng zhang
不负青春，野蛮生长

创业公司的好处就是，只要你有能力，你就能够和公司一起成长。而工作的第一年，萧颐确实成长了不少。当然，除了经验外，薪水也有了提升，萧颐用加班、努力换来了更多的认同。她也开始有能力带着母亲一起去旅行。

第一次和母亲一起出行，她选了离厦门相对较近的杭州。

在陌生的地方看陌生的风景，萧颐蓦地有了一种强烈的和母亲相依为命的感觉。其实自从父亲离开，这种感觉就已经埋在了萧颐心里。看着母亲消瘦的背影，她暗暗下决心，在自己接下去的人生中，一定要尽力让母亲幸福。

西湖边熙熙攘攘，萧颐和母亲一时间没有说话。

方瑜忽然说："阿颐，有没有考虑过人生大事？"

萧颐说："啊？妈，您怎么突然问这个？"

方瑜说："没什么，我早就知道有不少男人看上了我家闺女，就是不知道你怎么想的。"

萧颐说："我……我不着急。"

方瑜说："嗯。这事也不能急，不过妈还是希望亲眼看到一个能照顾你的人。"

萧颐顿时慌了："妈，您在说什么呢，肯定能看到的啊。现在也有几个人在追我，我还没同意。"

方瑜满意地点点头。

两个月后，萧颐正在上班，突然接到了舅舅的电话：方瑜已经连续咳嗽两星期，家人怎么劝也不去医院看病！

萧颐马上意识到，母亲的病很有可能不是咳嗽这么简单。她迅速请假，回家带母亲到厦门看医生，最后确诊为鼻咽癌复发。

06

方瑜再次发病，离上次鼻咽癌治愈时已超过了五年。

按照医生的说法，五年内不复发就有很大概率一直健康，不幸的是，方瑜还是在第六年的时候复发了。为了防止母亲情绪波动过大，萧颐和医生联手开了假证明，对母亲声称只是肺结核。

从此开始了艰难的化疗。

与六年前不同，如今萧义博与她们母女二人已彻底断了联系，虽然家里还有存款，母亲也有工资，但生活的重担已完全压在了她肩上，她突然间发现自己除了母亲外，早就孤立无援了。

在萧颐的印象中，那时候厦门的天色一直是晦暗的。

公司有她匆匆忙忙的身影，医院有她跑前跑后的脚步，公司、家和医院，连成了一个三角形，把萧颐困在中间。

哭泣是不被允许的。谁也不会相信一个哭鼻子的小女孩，

Bu fu qing chun
ye man sheng zhang
不负青春，野蛮生长

能为自己母亲的生命安全做什么决定，能为公司的业绩做什么贡献，能够一边照顾别人一边把自己安排得妥帖。好在她已经历过一次这样的事，无数个磕磕绊绊，让她能够勉强应付得来。

但每个深夜，想到母亲被病痛折磨的痛苦神情，想到自己将要失去生命中唯一的依靠，她就像被抽空一样蜷缩在被子里哭，咬着被子的一角，不让哭声被邻居听到。哭累了就睡着了，然后第二天起床，洗漱打扮，化好妆去上班。

最开始，她有时候在街上看到年轻的母亲牵着小女孩的手，都会忍不住触景生情而落泪。对待工作，也无法像以前那样用心，面对上级的质疑，她只能默默咬牙。

人总有一个适应的过程。就像她适应了自己的父亲已经和别的女人结婚这一事实，就像她适应独自生活这种状态。好在她遇到了非常好的医生和护士，他们是唯一了解她和方瑜的情况的人。医生会尽量开便宜但同样有效的药，护士会额外关照方瑜，让萧颐能够更加安心地上班。

医院有一个角落正好有一扇窗户，每当萧颐照顾完母亲，就会去那里。在那个角落里，萧颐无数次双手合十祈祷，在窗外每一种变换的天气里，祈祷母亲最终能够康复。

几乎萧颐所有的朋友都不知道她母亲的事，大家只是一致觉得她越发忙碌了，经常约不到。

终于有一天，她的男闺蜜请她吃饭，说要给她介绍男朋友。在饭局上，她见到了柳肆驰。

07

柳肆驰看起来腼腆害羞，像个不谙世事的大男孩。最开始跟萧颐说话的时候，还会有些许磕绊。但萧颐觉得这人老实，不会花言巧语，从心底生出一种好感。

柳肆驰1.78米的身高，不算太英俊，但也有中上水平。不算太瘦，却不显得臃肿，身体看起来健壮有力量。爽朗又腼腆的笑容，在萧颐心里，打上了安全感的烙印。

柳肆驰是泉州人，那时候刚刚从英国读研究生回国，正在犹豫是要留在厦门还是去上海、深圳这样的一线城市发展。就在这个时候，他遇见了萧颐，并且第一眼就被萧颐完全吸引了。

女神！没错，萧颐简直就是他心中最理想的伴侣。性格开朗，笑容可人，大大咧咧不计较细节，和她吃饭的时候轻松自在，聊天完全没有压力。他不由自主地开始追求萧颐。

因为萧颐也对他有好感，两人很快就在一起了。为了她，柳肆驰放弃了去一线城市工作的机会。

Bú fù qīng chūn
yě mán shēng zhǎng
不负青春，野蛮生长

　　萧颐怎么也没想到，毕业之后的第一段恋情就这么到来。在那段灰蒙蒙的日子里，柳肆驰的出现简直像是一抹阳光，温暖着她那脆弱的内心。

　　柳肆驰很快了解了萧颐和她母亲的事，表示会尽力帮助她、照顾她。

　　萧颐不开心的时候，他会陪她到海边散步。厦门的初秋，夜晚已经有些凉，但海边嬉闹的游客们还是热情不减。两人一起手牵着手走着，天南海北地瞎聊，或是把脚埋进沙子，相拥着什么话也不说，那个时候，萧颐真的很想忘掉那些烦心的事情，永远这样抱着自己喜欢的人。

　　在那段阴霾笼罩着萧颐的日子，只有柳肆驰给了她关怀和希望。看到他为自己下厨房的忙碌，看到他为自己盛饭的欢快，像呵护一个公主一样，萧颐恍惚又回到了自己的童年，享受到了被照顾的感觉。

　　对萧颐来说，柳肆驰甚至已经不再简简单单是一个男朋友，而是一个精神上的依靠，是她的救命稻草。

<h2 style="text-align:center">08</h2>

　　萧颐是柳肆驰的第一个女朋友。当萧颐得知这个事实的时候，非常吃惊。

在国外留学的几年，柳肆驰虽然漂泊异乡倍感孤寂，却没有谈过一次恋爱。这甚至让萧颐觉得有些不正常。

不过，只要对自己好，管那么多干吗呢？萧颐偶尔会这样安慰自己。

不过，跟柳肆驰在一起时间久了之后，她突然发现柳肆驰似乎对她已经很了解了，但她对柳肆驰的了解却少之又少。

直到有一天，柳肆驰问起她前男友的事，她才意识到有一些不对。

萧颐并没有在他面前提起过前男友，但柳肆驰却知道，这让她觉得很奇怪。在她的质问下，柳肆驰承认自己通过技术手段，偷偷看了萧颐与别人的聊天记录，甚至追查到几年前的聊天记录。

萧颐在柳肆驰面前变透明了。他有能力可以随时窥伺萧颐的一举一动，然而这并未引起萧颐的恐慌。

也许是他太爱我了吧。萧颐对自己说。

但紧接着萧颐发现，柳肆驰似乎一点也没有为自己的行为感到愧疚，反而还对她曾经谈过恋爱这件事极度介意，这让萧颐哭笑不得。

"都已经过去好几年的事情了，就不要再谈了好吗？"

"不好。"

Bu fu qing chun
ye man sheng zhang
不负青春，野蛮生长

"为什么不好？"

"我不希望我的女朋友有前男友。"

"……"

这样类似的对话越来越多，两个人的关系开始出现裂痕。萧颐尽量不去触碰这个问题，依旧希望能和柳肆驰一起走下去。从这个时候开始，两个人因三观不和导致的矛盾也开始越来越频繁地出现。

所幸，同一时期，方瑜已经接受了一轮化疗，在医生的建议下，回南平静养了。这时萧颐才稍稍有心力来维护这段感情。

09

不管你是否承认，许多感情在开始的时候，就已经注定不会有好结局了。只是我们仍然费尽心力，消耗着自己的耐性和精力，试图维护它。我们争吵又和好，冷战又原谅彼此，即使心底已经不相信能有什么结果。

为什么我们会这样呢？

可能都是因为人生相逢之初，太过美好了吧。

反反复复的争吵，让萧颐精疲力尽，而首先提出分手的，竟然是柳肆驰。某一个傍晚，两人刚刚吃过晚餐，在街边散步。就在两人一不小心聊到别人的前任时，柳肆驰又一次发作了。

这次萧颐终于失去了维护这段感情的最后耐心，一言不发地离开了柳肆驰。

从此回到了一个人生活的状态。

此时此刻，她心里只想着一件事，就是母亲。

10

方瑜再次发病，萧颐和亲戚们都已经意识到，这可能是方瑜生命的最后一段时光了。

萧颐辞去了工作，回到家里照顾母亲最后一程。

在南平的医院，方瑜没法享受到像厦门一样的照顾，病痛折磨着她，让她的情绪十分不稳定——此时她还不知道自己是癌症复发，但心里已经隐隐约约觉得不对劲。

癌细胞疯狂地扩散，从最开始的鼻咽，转向了肺，然后逐步扩散到全身，包括大脑。

在神志不清之前，她无力地握着萧颐的手问：

"好女儿，你跟我说，我得的是癌症对吧？"

萧颐便不再隐瞒，把真实的病情告诉了她。

在生命的最后阶段，方瑜神志不清的头脑里，杂乱着放映着过往人生的片段。自己的父母、萧颐……还有她第一次遇见萧义博的那天。

Bu fu qing chun
ye man sheng zhang
不负青春，野蛮生长

她从没恨过萧义博，即使跟他离婚了，也从未想过再嫁。

萧颐呢？这孩子以后谁来照顾……

算了，我累了……

萧颐和其他亲人的声音，她已无法给予回应。

每次有亲人来看方瑜，都会尝试着和她说话，流下伤心的泪水。而萧颐的眼泪已流干了，她只是静静地守在母亲身边，照顾好母亲每一天的生活。

偶尔她也会趴在母亲耳边，对母亲说说话。

"妈，你恨爸吗？我知道你不恨他，对不对？"

"妈，我男朋友对我很好，你不用担心我的。"

"妈，你别离开我好不好……"

方瑜只是安静地躺在枕头上，一点反应也没有，任凭萧颐诉说着过往的点点滴滴，直到哽咽。

在方瑜去世前的最后一夜，萧颐一直趴在她的耳边说着话。她讲着自己对母亲的爱，对家的爱，对那些美好时光的眷恋，毫无保留地把内心最真实的想法全部讲给母亲听。

她明知道这样做没什么用，还是不停地诉说。讲到萧义博的时候，萧颐注意到，母亲的眼睛似乎动了一下。讲到西湖的美景，母亲的眼睛又动了一下。她赶忙握住母亲的手，似乎从那苍老干瘪的手上传来了母亲的最后一丝力量。

下一个瞬间，这股力量消失于无形，就像一场告别。

11

方瑜的葬礼简单又悲伤。

萧义博没有到场，虽然在萧颐的意料之中，还是让她有些失望。

从父亲出轨，到母亲去世的这些年，仿佛一场梦。如今梦醒了，萧颐已经被全部掏空，失去了生活的依靠和目标。

她没有按照预定的时间回到厦门找工作，而是继续和外公外婆生活在一起。说来也怪，以前虽然也关心他们，但那种关心更像是浅层的，是一种礼貌的敷衍。而葬礼后与他们生活在一起，萧颐竟从心底对外公外婆生出一种亲近感。

葬礼过后，萧颐再也没哭过。朋友们的关心让她倍感欣慰，但她却没有多少兴致和他们交流。偶尔她会想到柳肆驰，如果他突然出现，会不会跟他走？想到柳肆驰温暖的笑容，她竟有些犹豫，毕竟他曾是她短暂的依靠。

有朋友问起她今后的打算，她自己也说不清。她只是不想和别人说话，不想去想以后的事情，也不知道自己以后会怎样。过去她为了母亲而坚强，如今她就像被世界抛弃，独处荒野无所适从。

Bu fu qing chun
ye man sheng zhang
不负青春，野蛮生长

她知道自己现在的状态不对，可就是没办法去做出哪怕一点点的行动。

12

一晃两个月过去，生活平淡干枯，像一直吃着没有调味品的剩饭。

某天，萧颐在厨房切菜，一不小心割破了左手拇指。

血一点点渗出，鲜艳夺目。疼痛一瞬间让萧颐回忆起母亲站在厨房，吮着被割破的手指的样子。紧接着记忆跳转到母亲去世前的那天，最后一次握住她的手的画面。

那微弱的力量，是母亲能够给她的全部了。

窗外阳光灿烂，萧颐泪如雨下。

　　——随着聊天的增多，好像每一句话，每一个标点符号，每一个短暂的沉默都有了表象背后的意义。二人试探着开辟更多的话题领域，试探着说出更多表意不清的话，让聊天氛围变得暧昧和意味深长。

Bu fu qing chun
ye man sheng zhang
不负青春，野蛮生长

歌迷

"该怎么说呢？她的音乐就是有种温柔和激烈并存、温暖和黑暗并存的美呢。"付梅说。

"对，我就喜欢她平静外表下的那份歇斯底里。"李向说。

"没错，我也很喜欢她，要不然也不会加入这个群嘛。"秋杰说。

在一个人数并不多的 QQ 群里，三个人正旁若无人地讨论着一个小众女歌手和她的作品。说是旁若无人可能有些奇怪，毕竟这是网络世界，如果不想参与其中或者不想被打扰，完全可以屏蔽他们的对话。三人聊了一会儿，开始有更多人参与到对话之中。

三人心仪已久的女歌手就要来这个城市开演唱会，有人在网络上发帖子，号召大家组团去看演唱会。为了能够尽量保持行动一致，也为了能够找到更多志趣相投的人，有好事者特意组建了 QQ 群，供歌迷们彼此交流。

这个女歌手比较小众，平时不怎么宣传，知道她的人不多，因此也就显得格外珍贵。以前只能一个人默默享受、独自体验的旋律和感受终于有了分享的对象，着实令人激动。

"喜欢她的人都有一颗柔软的心。"某歌迷在群里聊天时说道。

因为一个共同的目标和爱好聚在一起，群里的聊天氛围很好，大家互相之间也没什么戒备之心。离演唱会还有一个月，就已经互相熟悉了。

当李向了解到付梅和秋杰竟然是自己的学妹和学长的时候，对他们二人的感情在友好的基础上又多了一些亲切。

秋杰长相俊朗，玉树临风，性格开朗乐观，喜欢与人交朋友，深得学校里女孩儿们的欢心。表面看起来，他温和礼貌，很容易相处，实际上在大学里与他知心的朋友并不多。除了因为他和太多女生关系好引来了众多男生的嫉妒之外，更多的是因为来自大城市的他有自己的骄矜和择友标准。

秋杰时常想，如果当初高考时自己再努力一点儿就好了，这样就不至于沦落到这个闭塞的二线城市读大学、被迫忍耐生活中处处不便利和娱乐活动的落后以及当地人思想的闭塞，也不至于碰到这么多奇奇怪怪的同学了。

所以当秋杰得知付梅和李向是自己的学妹和学弟的时候，他并没有什么明显的好感。随着互相了解的增多，出于礼貌，他还是接受了付梅和李向在社交网络上的好友申请。

付梅是本地人，家里不算巨富，但也足够殷实，名牌包包、首饰、出国旅行什么的自然不在话下。本地人思想比较保守，父母不太希望子女去别的地方上大学，即使是一线城市。所以付梅高考成绩虽然还不错，却留在了本地读大学。

付梅性格并不算外向，但也并非内敛。从褒义角度来看，可以称之为愤世嫉俗，从贬义角度来看，说是乖戾也不为过。这样的性格，让她本人变得不太好相处，偶尔会和同学有一些小矛盾。

不过，作为学妹，对学长的憧憬还是有的，所以她和秋杰、李向在私下里也常常聊天。

在这样的行为背后藏着付梅的小心思：她希望自己能和高年级的人玩到一起，和同年级的人拉开距离，借此显示自己的优秀、成熟以及卓越的社交能力。如果是学长就更好了，还能凸显自己的女人味。反过来说，正因为是学长，才会更容易接近吧？

李向来自一个小城市的普通家庭，秋杰眼里二线城市的闭塞和落后在他眼中已经是从未体验过的繁华和先进了。在家乡的时候，他能够侃侃而谈，能够在周末和朋友们一起逛逛网吧，吃吃大餐，通过努力在一个高考大省考到不错的成绩。虽然一路走来磕磕碰碰，至少关键时刻的几次考试他都发挥不错。

可是到了这里，一直在他身上的主角光环似乎消失了。他见识了来自全国各地的同学，眼前打开了一个新的世界。他眼花缭乱，意乱神迷，同时也失去了方向，变得懒散和迷茫。

李向时常想，总算熬出头，真想好好谈个恋爱，也算是青春过一回啊。

他先后对好几个女生表示过好感，但都被对方拒绝了，这让他一度很是郁闷。加秋杰为好友后，李向发现秋杰的社交网络上经常晒出与各种女生的合影，他觉得秋杰可以教教他。

"学长，你这么这么招女生喜欢，有没有什么诀窍啊？"李向十分虔诚地问。

"没什么诀窍啊。"秋杰并不是很想理睬李向。

"不会吧，能同时跟这么多女生打成一片，我相信你一定有一些值得学习的经验供我参考的。"李向锲而不舍地追问。

"其实真的没什么，你最开始不要表露心意，只是请她们象征性地帮一些小忙，然后花一些钱请她们吃饭、看电影，这

Bu fu qing chun
ye man sheng zhang
不负青春，野蛮生长

样见面次数多了，就能渐渐拉近距离了。至于见面之后说什么，怎么做，网上有的是，你可以自己去查，都是因人而异的。"秋杰不耐烦地打字回复。

"有没有不用花这么多钱的方法啊？我看你没事就和女生一起说说笑笑的，不可能总是吃饭吧？"李向继续穷追不舍。

"那我也没什么好方法了，只能具体情况具体分析了。"秋杰心想，果然是小地方来的，连这些都不懂吗？没钱还想泡妞？他不想再理李向，便找个借口下线了。

演唱会如期举行，由于歌迷群里大家买的座位都不同，很多人并没有见到面。大家在看演出的时候疯狂拍照，演出结束后，不断在群里分享自己抓拍的精彩瞬间，继续在精神上狂欢。

巧的是，付梅和李向的座位恰好在比较近的位置。

在演唱会之前，二人早就开始在网络上有一搭没一搭地聊天了。付梅有时候会和李向聊自己以前的感情生活和现在的感情状态，有时候会吐槽周遭的人，比如跟舍友闹矛盾啦，某某老师笑里藏刀啦，有个男生对她很好但是她不喜欢啦，等等。

作为回应，李向也会跟她聊自己之前喜欢的女生和自己的一些想法。社交网络上有付梅的照片，李向看了之后觉得还算可爱，对和付梅聊天这件事也变得比较积极。

从某种意义上来讲，二人在相互试探。随着聊天的增多，好像每一句话，每一个标点符号，每一个短暂的沉默都有了表象背后的意义。二人试探着问出更深入的问题，试探着开辟更多的话题领域，试探着说出更多表意不清的话，让聊天氛围变得稍稍有些暧昧和意味深长。

也许呢？说不定呢？没准儿有可能呢？二人心中都曾闪过这样的念头。但李向经历过几次失败后，变得更加谨慎，而付梅的主动也有一个自己的限度。所以，聊天气氛始终徘徊在朋友与暧昧的边缘。

"演唱会见面后再决定吧。"这是二人各自打定的主意。

结果是，演唱会上的相遇，并未在付梅和李向二人之间激起什么火花。

付梅觉得李向相貌平平，穿衣打扮也透着一股土气，虽然会说几句漂亮话，但看不出有什么地方与自己想象中另一半的形象相契合。如果说得直白些，就是觉得李向不仅没钱，颜值也达不到要求。

"还好并没有浪费太多时间在这个人身上。"她心想。

演唱会后，她和李向就渐渐不再联系。其实不仅是他们。当初很多人一时热情互相加了好友，却从未在私底下聊过天，

Bu fu qing chun
ye man sheng zhang
不负青春，野蛮生长

只是在群里互相回应。当演唱会带来的激情消逝后，大家都回归到各自的生活，群里逐渐变得冷清起来。

这些歌迷便几乎成了陌生人。李向与秋杰也不再像原来那样频繁地聊天。三人渐渐成为点赞之交，后来甚至连点赞之交都算不上了。随着时间的推移，每个人都经历着不同的事，也在发生着不同的变化。

秋杰最先走到了不得不为今后的人生做打算的时刻。他觉得自己还没玩够，不想马上回家找工作，决心考研。在复习阶段，秋杰依然和不少女生约会。

对于秋杰而言，和女生一起玩是他证明自己魅力的方式，是满足虚荣心的关键，即使是准备考研这样忙碌的阶段，也没法完全放下这个爱好。结果他没有考上预期的学校。

为了能继续读研，秋杰申请了台湾的学校，这种学校虽不看重成绩，学费却不便宜。在台湾读研期间，正好碰上付梅去台湾做交换生，二人因此重新有了交集。在相对陌生的环境中碰到熟识的人，让二人心理上的距离更近了一些。他们曾聊起过李向这个人，秋杰直言李向就是个屌丝。

付梅在台湾待了半年，回到学校后越发觉得与周围的环境格格不入。她觉得生活中充斥着低劣的素质，肮脏的内心，虚伪的面孔和无聊的娱乐，怀念着在台湾洒脱、快乐的日子。

至于自己的未来，她没有特别明确的规划，但想想家里有不少关系，自己学历也不差，又是女孩，也没有特别放在心上。

提到未来，内心最纠结的恐怕要属李向了。他不想考研，不想回家，不想留在学校，他想去一线城市，想找到一个好工作，想尽快赚钱，于是他选择了去深圳打拼。

面对毕业的选择，让三人各自的人生轨迹又发生了新的变化。

演唱会后的四五年里，人们栖居的社交网络已经换了几个，从 QQ 空间到人人网再到微博和朋友圈。

此时的李向已经换了几份工作，争强好胜的个性或者说渴望得到认同的虚荣心让他不断意识到自己的问题然后改进。他看了不少书，同时也在网络上发表一些故事以及自己的观点。毕业两三年后，李向的文字终于开始受到一些网友的关注，得到一些新媒体编辑的推荐。

他有了相对稳定的生活和感情，也更加专注于自己内在能力的提升。他知道自己写作水平还差得远，工作能力也还差得远，

Bu fu qing chun
ye man sheng zhang
不负青春，野蛮生长

所以他几乎每天都在阅读和学习。

一天深夜，李向终于得到了某网站的作者认证，他兴奋地在社交网络上展示了相关信息。没过多久，李向便收到了不少回复。令人意外的是，第一条回复竟然来自付梅。

"啧啧啧，学长好厉害呀。"

看着这条留言，李向有点恍惚，他想到了几年前的那场演唱会。有多久没和这个人说过话了？原来她还在我朋友圈里啊。然而关于付梅的思绪在李向的脑海里只作了短暂停留，就烟消云散了。

也许每个人都经历过这样的阶段：专注于某件事情，伴随着漫长的探索和学习，经过认真的思考和实践，猛然发现自己对于这件事的看法已经与往常大不相同，该说是上升到了一个新的境界呢，还是量变产生了质变呢，可能二者皆有。

这样的情况也发生在李向身上。最近几个月，李向的文章频频被各大新媒体收录。他从未像今天一样，被这么多人阅读自己的作品，也从未像今天一样，充满了写作的冲动却时时刻刻都在焦虑，想着下一篇文章究竟该写什么。

李向本就喜欢侃侃而谈，为了获得更多建议和灵感，他不仅在网络上分享自己的文章，也经常会针对某些事物发表自己的想法和观点，希望借此了解朋友们的想法，得到优质的意见，拓宽自己的思维。

有一天他发表了一番对某小说的看法。没过多久，竟然又收到了付梅的评论。

"并不是这样。"

李向没有太在意，随便回复了几句，便转移了注意力。

当再次看到付梅的评论时，他稍微有点较真儿了，便认真回复了付梅几句。紧接着，付梅再次回复了他。

李向认为付梅曲解了他的意思，同时觉得自己有些太较真儿了，想要结束这场没有意义的争论，便作了最后一次回复。

"随便吧。"你想说什么就说什么吧，我懒得再理你了。

只是他没料到，他以为是结束话题的一句话，却引发事情朝着不可控制的方向发展了，因为付梅接下来那条评论是："傻×。"

李向差点儿以为自己看错了的时候，付梅又写道："有人对你的评价太对了，写点儿自我洗脑的文章就好好厉害哟！"

从震惊中恢复过来，李向再次确认了这一事实。在内心翻江倒海的同时，他仿佛突然意识到了潜伏在海水下面的某个海怪。他想起几个月前付梅在他的状态下的评论："啧啧啧，学

Bu fu qing chun
ye man sheng zhang
不负青春，野蛮生长

长好厉害呀。"

当初看起来像是客气话的语句，仔细想来竟藏匿着深深的讽刺。我当时竟然没有看出来！不，如果站在别人的角度上，也许一眼就能看出是一句挖苦的话。

在网络另一端拿着手机的付梅是怀着怎样的心态打下了这行字，李向大概能够猜到，甚至能想到付梅打字时脸上那副嘲讽和不屑。原来一直以来她是这么看我的，李向心里一凉。

"有人一直怀着这样的敌意默默注视着我"，这个想法紧接着出现在他的脑海里，马上占据了他对于付梅的全部印象。

打开微信，更令人吃惊的一句话映入李向的眼帘，这句话是付梅刚刚发在自己朋友圈的。

"我实在太赞同秋杰学长觉得某人无趣又平凡这个看法了。"

究竟是和我有什么深仇大怨，要做到这个地步？

等等，秋杰？李向脑中那个遥远的回忆又一次清晰起来。原来秋杰一直以来也是这样看我的啊。来不及多想，李向又收到了微信消息，还是付梅！

她竟然私聊李向："能换个头像吗？丑死了。"

李向："你没完没了了吗？"

付梅："我想怎样就怎样，如何？"

李向："你随意。"

付梅："不然？你又想怎么秀优越？"

李向："我没什么要秀的，反倒是你到底想说什么？"

付梅："嗯，我是看不懂现在的人，写点软文就把自己当作家了？大城市的气场果然强，当年的穷小子翻身了啊。"

李向："说完了吗？觉得痛快了？舒坦了？"

付梅："嗯。"

到此为止，李向的愤怒已经达到了一个临界点。他可以选择马上骂回去，也可以马上拉黑付梅和秋杰，时间如此珍贵，没必要浪费在这样的人和事上。事实上他也打算这么做了。但在点击拉黑的一瞬，李向突然改变了主意，一个奇怪的想法从心中升起。

"她接下来会有什么反应？我好想知道啊。既然她这么愤怒，不如让她更愤怒好不好？"当一个人气急败坏地攻击你，而你反应平平淡淡的时候，什么样的话能让对方更加怒不可遏？

李向是这么回复她的："好吧，我决定原谅你。"

这句话半真半假，发出去之前，有着十足的戏谑调侃之意。可是当李向发出去之后，又重新默读了一遍"原谅"的时候，不知是文字本身的力量，还是他清晰地回想起了过去大家一起

Bu fu qing chun
ye man sheng zhang
不负青春，野蛮生长

看演唱会、一起讨论那个小众女歌手时候的热情，他希望对方认为自己是发自真心原谅她了。

付梅好像突然掉线了一样，变得异常安静。究竟是气急败坏不知如何还击，还是自惭形秽无地自容？李向从心底希望是后者，然而希望最终落了空。

"哈哈哈哈哈，可笑死我了。怎么，我还得给你打钱求你原谅我？"

李向知道由于刚才自己发的那句话，对方的怒气更盛了，却假装一本正经地回复说："不用，我只是想到那时候一起看演唱会，觉得还是没必要把关系搞成这样。"

对方马上回复说："傻×！我早就不听她了！"

李向几乎能猜到此时的付梅在心里说着"果然还是当年的穷小子，还在跟我提当年的歌手"。

看来，继续聊下去也不会有什么新意了，于是他拉黑了付梅和秋杰。

"其实，我也早就不是她的歌迷了。"李向心想。

——她把手伸到我面前，修长又白皙，掌纹清晰地从手心展开，这是我第一次如此细致入微地观察她的手。"究竟为何会对你的事记得这么清楚，你能明白这是为什么吗？"何艺反问道。

Bu fu qing chun
ye man sheng zhang
不负青春，野蛮生长

恋爱前戏

小学四年级开学第一天，何芸转学到了我所在的班级，她梳着辫子，眼睛不大不小，长得不算好看也不算难看，反正我根本没注意这些，我唯一的印象就是——这女生好高啊。

因为个子高，她坐到了最后一排。班主任为了照顾转校生，特意把她安排在班上成绩最好的女生包子旁边。

当时成绩好的学生都被委任为班干部，我也被任命为生活委员。班委们会经常一起制作黑板报，组织一下大扫除、庆祝会等活动，所以我跟包子也比较熟。何芸坐在包子旁边，我也自然跟她有了一些交流。

包子这个人肥嘟嘟的，身材高大，学习成绩常年霸占全年级 TOP3。她十分温顺，跟同学关系都不错，尤其喜欢主动跟我交流一些学术问题。

于是坊间流传起她对我有"不纯洁想法"的言论。

这个消息传入我耳中的时候，我估计包子本人也早就听说了，但是她不但没有在消息流传开的时候选择沉默和自我克制，反而继续主动跟我接触。不过，我对于她的主动并没有什么积极的回应。

而我不回应包子的真相是，作为一个四年级小学生，我已经暗恋班花好几年了。怎奈班花早已心有所属，对此我虽然痛心疾首，却没有放弃希望，依旧默默地单恋。

当时我有个朋友叫白菜，生得虎头虎脑，肤白貌俊，一直密切地关注着我的情感状态，还给我出谋划策。

比如趁班花值日，利用我生活委员的身份留下来指导工作，帮班花分担点儿劳动任务，借机跟班花顺路回家；比如班级要办黑板报，班花会画画，我就跟老师说希望能拉班花入伙，为班级建设做贡献，最后目的顺利达成。

我觉得坚持不懈地增加与班花的接触机会和时间，或许就能在班花心中占有一席之地。同时，跟白菜一起策划，让我有种"我的人生我做主"的快感。因此我十分享受这个过程，甚至有时候油然而生一种优越感：看看这手段，你们这些小男孩，

Bu fu qing chun
ye man sheng zhang
不负青春，野蛮生长

能有这个境界？

只是后来不知从什么时候开始，我发现白菜对我的事情开始不那么热衷了，虽然还经常跟我交流，但是聊天的内容都指向了何芸。有一天我问他为什么总打听何芸的事，是不是因为何芸看起来像他年幼时失联的亲妹妹？

白菜才终于对我说明原因，原来他喜欢上了何芸。

所谓的"恋爱"让这个五年级的小伙子变得多愁善感起来。白菜从来没跟何芸说过一句话，在喜欢上何芸之后更加不知道如何开口。作为他的朋友，我自认为有义务帮他一把，于是我采取了两个策略。

首先我偷偷地把白菜的心意告诉了何芸，并探听何芸对白菜是否有所动心。得到了否定的答案之后，我没有死心，又偷偷地把这件事传达给何芸身边的女生，希望她们能帮忙说好话。结果没想到，没过多久班上不少人都知道了这件事。

毫不夸张地说，此事带来了极为恶劣的影响，让我对小学生的八卦能力有了新的认知。白菜试图表现得根本就没有喜欢过何芸一样，却也无法阻止事态的发展。他虽然没有责怪我，却开始渐渐地疏离我。

在我看来，这事儿不能怪我，我也是一片好意啊！怎奈世事无法尽如人意，要怪，也只能怪何芸，谁叫她不给个面子，哪怕随便意思一下也好啊！

白菜远离我之后，我在暗恋班花的道路上走得越发坎坷和孤独，再没有人分享我的心情，为我出谋划策。我所剩下的一点点追求班花的勇气慢慢地被她的不理不睬消磨殆尽。想来想去，我觉得这一切都是何芸的错，谁叫她拒绝了白菜的心意。

到了六年级，我开始长高，然后老师把我和何芸调成了同桌。成为何芸的同桌这事儿，不管对于她还是对于我来说，都没有《同桌的你》描绘的那么美好。因为我一直在想方设法地欺负她，而不是像电影里演的那样扮演起保护者的角色。

比如在老师讲课的时候故意找她说话，分散她听课的注意力；比如继续扮演"媒婆"的角色，希望能够撮合她和白菜；比如借了她的笔、橡皮、尺子，然后不还……

后来她跟我说，那时候她特别讨厌我，经常在她妈面前提到我，导致她妈一度以为她早恋了而且对象是我。那时候何芸正处于一个黄毛丫头的时期，短发，梳两个小辫子，每天骑着单车上学。

那年夏天，何芸、包子和我考上了同一所初中，白菜和班花不知道去了哪里。我和何芸就此再也没有联系，我甚至也从

Bu fu qing chun
ye man sheng zhang
不负青春，野蛮生长

未想起过她，仿佛她的存在被我从意识中抹去了。

三年后我考上了市重点高中，进入了重点班。为了鼓励我，我爸给我买了一台台式电脑。这台台式机背负着我父母对我的殷切期望，却导致我的成绩从入学时候的全年级前十名，"一步一个脚印""稳扎稳打"地退到了全年级一百多名。

北方的冬天来得很早，我很快穿上羽绒服，暖气也开始供暖。原本以为高中生活会像《青年文摘》里写得那么美好，却没想到每天过的都是披星戴月的生活。

到了高中，学校的管理变得更加严格，每天在学校都只能穿校服。所以理论上只有到了冬天，学校看起来才算焕发了一丝生机，因为大家都穿上了五颜六色的羽绒服或棉服作为外套。

在前往学校的路上，我心情很沉重。这次月考的成绩刚刚出来，又退步了几十名的事实让我有些怀疑自己。那天正好下了大雾，我忽然发现前方有一个白色的影子若隐若现。稍微拉近了一些距离，我发现是个长发披肩的女生，看样子是我们学校的学生。

其实我每天都会在路上遇到很多同校生，不过这个身影还是第一次看到。根据背影判断，应该是个美女，当然也有可能只是个"背影杀手"。

接下来一连几天，我都在路上遇到这个身影，有那么一瞬间我很想看看她的样子。于是我加快速度超过她，远远地装作不经意地回头一看，突然发现这个面孔好熟悉。

竟然是何芸！

那张脸早已经从黄毛丫头的样子变得清新靓丽，白色的羽绒服包裹着她，厚厚的围巾围绕着她。披肩的长发被风吹动，刘海散乱在额头上，仿佛整张脸只有嘴角还保留着当初那个少女的稚气。那双眼睛深邃灵动，目光幽幽，在我看向她的时候，她也朝我的方向望过来。

在对视的那一瞬间，我猛地想起了所有关于她的事情。至少对于我们曾经有过的交集，有了一个大概的印象。紧接着细节也渐渐丰满起来，开始是一滴滴涓涓流出，很快变成滔滔江水，翻腾在脑海中。

我刚想开口说什么，骑车的速度不自觉变慢了，然而还是从她身边错过去了。

整个上午我都没心思听课，任由那些尘封的记忆恢复色彩，嘴角竟不自觉微微上扬，直到被老师叫起来回答问题。

这个人，在她曾经是小女孩的时候，我无视过她，欺负过她。

Bu fu qing chun
ye man sheng zhang
不负青春，野蛮生长

而三年后的此时，我对她怦然心动，决定追求她。

我决定追何芸这事，本质上来讲是因为她出落得如此美丽动人，另外和她再次相遇是一种缘分，我觉得应该有所行动。

许多少女心电视剧里都有类似桥段：男女主角小时候在一起，后来因种种原因分开。当时大家年纪都还小所以并未产生情愫，只是在二者间存在着若隐若现的特殊联系。等到时机成熟，譬如高中或者大学阶段，双方再次偶然相遇，就是命运之轮重新开始转动之时。

所以，遇到何芸的当天，我就找到包子，希望她能帮忙牵线搭桥。

我说："多年未见的老同学再次相遇，一定是天注定，缘分使然。"

不等包子回答，我又接着说："……这种屁话，我是不会对你说的。包子，这么多年了你也懂我的，我这次来的目的，只是想请你吃饭。"

包子说："然后顺便把何芸也叫上一起是吧？你就没有想过人家已经有男朋友了？"

我说："没关系，有男朋友，也可以一起吃个饭嘛。"

包子说："好吧，那地方得我定。我一直想去学校对面的龙德园吃海鲜来着……"

我说："……我还是自己约何芸吧。"

包子说："跟你开玩笑的，龙德园旁边还有个龙顺园，我们去那改善一下好了。啊对了，为了感谢你的诚意邀请，顺便告诉你，何芸目前还是单身哦。"

我说："既然你了解这么多，不如再多跟我透露透露……"

包子瞪了我一眼，说："至少也得等人家先同意跟你一起吃饭吧？"

每一段感情在单方面开始的时候，总是让人充满了幻想。

幻想的人时而考虑自己是不是太丑了，会招对方讨厌；时而意淫对方已经倒在自己怀里，嘴唇轻启正等着自己一头亲下去；时而担心对方把自己当成彻彻底底的路人，毫无兴趣；时而想着对方也恰好惦念着自己，正在发愁怎么开口诉说心中的秘密。

在等待包子消息的几天里，我每天上课都在忐忑地等下课铃，因为包子极有可能在课间来通知我事情进展。

三天后，包子终于带来了好消息，下周一中午一起吃饭！

《土耳其进行曲》又一次响彻了学校的每一个角落，本来就已经饥肠辘辘的胃，像是接到了"准备开饭"的指示，响起

Bu fu qing chun
ye man sheng zhang
不负青春，野蛮生长

咕噜咕噜的声音。怎奈物理老师还在讲台上谈笑自若，耳朵仿佛已经自动屏蔽了下课铃，完全不顾我们这些正处于蓬勃发育的青春期的男生最基本的生存需求。

这个场景每周都会重复出现，大家都已经习惯了。

物理老师终于在拖堂十五分钟后下了课，我第一时间冲出教室，跑到楼梯口。包子看到我，马上朝我挥手，我看到她旁边站着何芸，心里一阵紧张和激动，便和包子打了个招呼，又向何芸点头示意。

"咱们走吧。"包子说。

于是我们三人一起来到学校附近的饭店。

这是我第一次和何芸一起吃饭。虽然那时候我已经认识她七年了。

何芸仍然穿着我在路上遇到她时穿的那件白色羽绒服，朝我点头示意。我心里瞬间乐开了花，在她们俩前面引路。

一路上，包子和何芸一直走在我后面，说着悄悄话。我虽然很想听清她们在说什么，却又不好意思靠得太近。只是觉得全身都轻飘飘的，一时间把一会儿面对面吃饭时可能遇到的尴尬全给忘了。

龙顺园并不远，走了十五分钟就到了。我选了一个偏僻的、相对安静的位置坐下，她们俩就坐在了我对面，我正对着何芸。

三人一坐下，就都不说话了，气氛一时有点儿尴尬。何芸的视线飘飘荡荡，打量着周围的环境，包子开始看菜单。

其实我的视线也一直在四处乱飘，偶尔趁何芸没注意往她身上瞟一眼。她双唇微微闭紧，耳朵被风吹得通红。那散开在肩头的长发，稍微有些冷漠的脸，和偶然视线的交错，就像一个个小闪电，在我脑海中制造着兴奋的电流。

我必须开口说点儿什么了。

"嗯，那个，何芸？"我觉得有点紧张。

"嗯？"何芸回答的速度之快让我有点措手不及，似乎是听到了"嗯"的时候就已经开始回应了，我觉得她好像也有点儿紧张。

我说："是这样的，今天请你吃饭呢，是有这么几个原因。"

何芸说："哦。"

我继续说："首先，包子、你和我作为小学同班同学，现在又上了同一所高中，这是一个值得庆祝的事情。"

何芸说："哦。"

我说："其实最关键的目的呢，还是想当面跟你道个歉，

Bu fu qing chun
ye man sheng zhang
不负青春，野蛮生长

为了我过去犯下的罪过，向你表示诚挚的歉意。相信包子也已经替我转达了这个意思。"

我故意把小学时候欺负何芸的那些事说成是罪过，妄图通过加重用词以达到幽默的效果。

何芸果然笑了。

虽然曾经我也看过她的笑容，但那已经是很久以前的事了，我也早已经记不清楚。可是这次，她在我面前露出了如此可爱的笑容，让我不禁脸上一红。

何芸说："我听包子说啦，那都什么年代的事了，你还记在心上啊？"

我说："当然要记在心上，一直都记在心上呢！初中以后我特别后悔，当时不在一个班，我又内向，不太敢承认错误，就耿耿于怀了好久。这次偶然在路上遇见你，然后得知你竟然也在一中，才鼓起勇气来向你赔礼道歉。"

何芸说："你还内向啊？我才不信呢。"

我后背一凉。

何芸接着说："事情都过去那么久了，我们现在都是大人了就不用再提了。看在你请客的分儿上，原谅你了！"

我总算长出了一口气。

这时候包子已经点完了菜,对我们说:"你们要不要点一下?"

我和何芸都说: "不用了,你点就好了。"

总之, 这顿饭非常超值。

一开始我和何芸还不太说话,慢慢地就开始聊起小学时候的一些往事,包子很快也加入进来。后来又聊到了自己喜欢的歌、动漫、小说以及各自的初中生活,我惊喜地发现,我和何芸有许多共同的兴趣,这让我心里再次乐开了花。

如果说, 在吃饭之前, 我们两个就算碰面也不会打招呼,那么这次饭局之后, 我们无疑已经冰释前嫌, 成为有一定发展空间的朋友。

在回学校的路上, 何芸和我走在了后面, 包子走在了前面。

和我不一样的是, 小学成绩很好的包子, 初中的成绩就没有那么好了。尤其是从数学难度加深, 物理和化学也纳入考试范围之后, 包子的成绩再也没有压过我。与包子一样, 何芸初中在学习理科上也稍稍有点儿吃力了。

"你知道, 每次我听说你考了年级前几名的时候, 就想问,包子去哪了? 怎么不来灭一灭这讨厌鬼的威风? "何芸不想让包子尴尬, 偷偷跟我说, 说完又笑了。

我感觉这一天实在已承受了太多喜悦, 再看一眼何芸的笑

Bu fu qing chun
ye man sheng zhang
不负青春，野蛮生长

容，简直有点儿难以自持了。

于是我不好意思地笑笑说："我觉得在理科方面女生确实会差一些，因为女生比较感性嘛。如果以后你有什么不懂的问题，也可以来问我啊。"

何芸说："好啊好啊，那以后可就麻烦你了。"

我突然意识到我刚才说的这句话，真的是充满了前瞻性，不禁沾沾自喜起来，一定是缘分使然。

三月，北方的天虽然还有些冷，但已有了初春的征兆。

第一次见面的时候，虽然聊得很开心，毕竟不好意思问何芸的电话号码和家庭住址。之后就快到期末考试，为了不打扰她复习，同时尽量掩饰我的险恶用心，我便没有再联系她。

在这种情况下，如何在高中第二个学期制造更多的契机去接触何芸、了解何芸、追求何芸，便成了我心中苦恼的根源。

何芸因为家离得太远开始住宿，于是我也开始在学校上晚自习，以便创造更多的机会接近她。究竟用什么方法，既显得自然不突兀，又能够和她产生长久的联系呢？

钱锺书说：男女之间借书是件暧昧的事，一借一还，从此便有了来往。

但考虑到高中生活的紧张忙碌，一本书看完可能已经过去几个月，这将导致我们见面频率太低，我便打消了这个念头。

突然我灵机一动，想起可以把书换成 MP3 里的音乐。我知道她喜欢听歌。因为学校不方便上网，她父母又管得严、不让上她网，所以我可以每周给她的 MP3 里拷一些新歌，顺便把一些漫画借给她看。

既然已经决定了策略，接下来便只剩执行了。

晚自习有三节课，第一节课下课时，我已沉不住气，但想从座位上站起来时，腿又有些发软。

"万一被拒绝了怎么办？"我心里想象着何芸说着"不用了，谢谢你"时候的冷漠神情，还没动身便失去了勇气。

"不行！你不去试试，怎么知道她不会开心地给你一个拥抱？"我又进行了一番自我催眠，然后把要说的台词从心里默默过了一遍，刚要站起身，上自习的铃声就响了。

等到第二个课间，我一听到铃声，便站起来坚定地往她的班级走去。越接近她们班级的正门，我内心越忐忑。而当我来到门口时，从门外看过去，她也正巧要出来！

我感觉我脸上的温度随着我们之间距离的缩短而急速升高，内心挣扎着想要开口却一时间哑口无言。就在我觉得窘迫难耐

Bu fu qīng chūn
ye mán shēng zhǎng
不负青春，野蛮生长

之际，她冲我笑了。

"刘君戊你怎么来啦？"她语气里有一种轻快的俏皮，仿佛见到我是一件值得高兴的事，让我瞬间振奋起来。

"哦，我想你平时住校，看漫画、听音乐什么的应该很不方便吧？"我说着拿出漫画和自己的MP3，"上次吃饭时聊过的漫画，还有音乐，借你。"

"好啊，谢谢你。"她说。

"别客气啊，以后我经常给你带一些书和新歌吧。要不然住宿生活太无聊。"我说。

"好，就这么说定了！你可不许反悔。"她说。

然后，这个约定就在那一天开始生效了。

开始时是不确定频率地往来，偶尔她也会来找我。后来慢慢发展成一周见一次面。

再后来，我开始约她吃午饭。

初夏到了，学生们大都穿一件校服外套，里面搭一件短袖。中午天热的时候，女生们脱掉校服外套，整个校园里便充满了激素的气息。

我第一次看到何芸穿粉色T恤的时候，一时间大脑一片空白，差点流了鼻血。然后我俩都脸红了，我便马上把视线移开，跟她扯起了闲篇。

我们有说有笑地吃着饭，聊着天。

最开始聊的都是从前的事，小学我曾暗恋过的班花，初中和死对头的竞争，我们共同认识的朋友，以及不同班的三年里各自的人生经历。

后来聊天就涉及更多方面，学校里的八卦，和家长的关系，对未来的打算，等等。

偶尔在路上遇到同班同学，她们或他们都带着一副"我懂的"的表情看着我们，仿佛我们已经是一对在一起的情侣，这种感觉让我乐在其中。

午休的时候，我会给她讲解数学题。虽然我并不喜欢数学，但是我对于自己的数学天分有着绝对的自信。尤其是面对一个文科生，几乎所有问题都在几分钟内被我解决。她对于数学真的毫无办法，有时候会为了一个题目苦苦思索好久，我在旁边，既想多看看她苦思冥想的可爱模样，又想快点儿帮她解决问题，让她早点儿露出笑脸。

后来，她妈妈也知道我在无条件地给她补习数学，还给我买了一些吃的以表心意。我心里默默念着，阿姨，别送什么好吃的了，不如把你女儿给我吧，我愿意一直为她辅导功课。

Bu fu qing chun
ya man sheng zhang
不负青春，野蛮生长

暑假里，我们联系不多。一个是因为我们上的补习班时间正好岔开，一个是因为我们两家家教都很严，很难一而再，再而三地编出一些像样的借口见面。

有一天我好不容易把她约了出来，一起去了电影院。

那天她穿着白色长裙和粉色 T 恤，这是我第一次见她穿裙子。夏日炎炎，我打着伞，和她走得很近，甚至能闻到她身上的香气。

我早有预谋地订了 VIP 厅。这种厅的座位是两个人共享一个沙发，中间没有隔挡。四周一片漆黑，尤其适合情侣观影。我眼睁睁看着一对貌似初中生的情侣手牵手走进来，在我们身旁的沙发上动来动去。虽然不知道他们在干什么，不过我相信他们已经成功地引起了在场观众的注意，好在他们在电影放映不到一半的时候就牵着手走了。

周围安静下来，我偷瞄了几下何芸，她正在认真地看电影。荧幕上的光让我能勉强看清她的轮廓，我听着自己越来越快的心跳声，呼吸开始急促。

她的手就在我手边几厘米的位置，甚至偶尔挪动身体还能触碰到，究竟要不要一鼓作气，牵起她的手？我只听到自己心跳的声音。

如果说三月份决定和她搭讪的时候，我还只是对她有好感，那么经过一个学期的相处，我恐怕已经彻底爱上了她。此时此刻我思绪又回到了和她搭讪的那个晚自习。既然当时听从了自己的心声，去找了她，那么现在……

　　我慢慢抬起左手准备牵她的右手，就在此时，她回头看了我一眼，笑了一下说："快看电影吧。"

　　我突然有些说不出的失落，便安安静静看起了电影。

　　高二上学期，我们继续一起吃饭，我也继续给她补习功课。我们每两周放一次假，我会骑车载她回家，然后再自己回家。

　　我享受她坐上我的自行车后座时，两只手轻轻扶在我腰间的触感，也享受载着她慢慢往她家的方向前行的自在。那时候我载她穿过熙熙攘攘的人群，就像穿过一片田园，就连迎面吹来的风都变得恬淡，让人觉得舒适和温馨。

　　我们都是天蝎座，但她的生日比我早了数天。

　　作为一个穷学生，我用平时省下来的钱给她买了一串项链。这串项链还有个很文艺的名字叫"柏拉图的永恒"，店员说是代表爱情的信物。她给我的回礼也是一串项链，却是代表着"平安幸福"。

　　我渐渐认识了几个何芸的同班同学。其中有个男生叫海川，

*Bu fu qing chun
ye man sheng zhang*
不负青春，野蛮生长

小个子，少白头，跟她关系很不错，我经常找他打听何芸的消息。

有一次他问我："刘君戌，你有没有跟何芸告白？"

我说："没有啊，我觉得现在这样也挺好。"

他说："是吗？"

我说："是啊。天天在一起，我为她做了这么多，她应该懂的。"

他说："我建议你还是告白的好。以后才能名正言顺。"

我说："不急不急。"

然而我嘴上说着不急，心里也不禁开始想象，等待我的究竟是什么答案？我是否已经对这个结果十拿九稳了？

从高一下开始，我与何芸出双入对，来往密切。这样的状态几乎持续了一年，然而很多事总是发生得令人措手不及。

高二下某一天中午，我在她班级门外等她一起吃饭，就像此前的每一天一样。但她见到我后，突然说要陪朋友一起吃饭，并说以后也无法再跟我一起吃饭了。

我呆在原地，一时有点儿无法接受，却又什么都做不了。等我反应过来的时候，她已经在我眼前消失了。

我直觉她可能有事瞒着我，便一路狂奔到楼下。中午放学的人流涌向学校大门，我东张西望，试图寻找她的身影。

就在这时，我发现了她，便用力挤开身边的人，希望能够尽快赶上她。有几秒钟我的视线偏离了她的背影，突然发现她身旁一个男生的背影。这个背影如此陌生，但我脑海中却清晰地浮现起某个场景：

那天何芸特殊情况，一边听我讲数学题，一边捂着肚子愁眉不展，而我还在滔滔不绝，丝毫没有注意到这些异象。这时候一个男生走过来，把何芸粉色的水壶递给了她。何芸说了声谢谢，便把水壶当作暖宝宝放在了自己的腹部，神情稍微放松了些。

我几乎没有在意这个小插曲，只是向那个男生的背影望了一眼。回过神来，我意识到何芸身边的人就是那天那个男生。我突然间止住脚步，失去了所有走上前的信心和勇气。

整个下午，我都处在恍惚中，暂时切断了自己感知外界信息的能力。放学后，我在楼梯口等到了何芸。

我说："聊聊吧。"

她说："好。"

我们下了楼，走到教学楼的一片阴影中。

我说："今天中午，我看见了你和另外一个男生……"

她说："嗯。"

我鼓起勇气问："你和他是什么关系？"

她的脸上出现了一些难以描述的复杂表情。我捉摸不透这

Bu fu qing chun
ye man sheng zhang
不负青春，野蛮生长

表情，也许其中既蕴含着她不忍心让我失望的心情，但也包含着因不用再瞒我而松了口气的想法。

她叹了口气，说："可能，是你最不希望的那种关系。"

听到这句话我就知道我输了。我从一开始就错了，我对她根本不了解。

她早就知道我对她的心意，但却从未有过超出常规的表示。所以她在暑假从未主动约我，所以她从未主动提议和我一起做什么，所以她连送我的生日礼物都与爱情无关。

所有关于她的想法，都是我的一厢情愿。如今，她和那个男生确定了关系，便立即和我划清了界限。我难过得快要哭出来，同时又虚弱得快要蹲下来。

"为什么啊？"我脱口而出。

"没有为什么，事情就是这样发生了。"她轻描淡写的语气，让我的绝望一层层加重。

"我有件事拜托你……以后，我们还是少见面吧，因为他很在意。"她说。

良久，我理解并完全接受了这一切。

这时候天快黑了，我望着她的脸，如此美丽、精致；我望着她的身体，如此飘逸、优雅；我望着她整个人，她就是我曾经欺负过后来又喜欢上的那个人。然而，今天以后她和我不会再有任何联系。

痛苦像潮水把我吞没，我挣扎着想要保存最后的风度。

"有件事我一直忘了告诉你，我想，今天再不说，恐怕以后没机会了。"

她听得很认真。

"我喜欢你。"我望着她的眼睛，第一次也是最后一次对她说。

"谢谢你。"她如此回应我，"我真的，很感谢你。"

于是，我知道我和她之间的一切终究一去不复返了。

"最后一个要求，陪我在学校里走走吧。"

"好。"

从那天起，我便不再联系何芸，就算是路上偶遇，也远远地故意躲开。只是走在学校里每一个角落，回到家后每一个空虚的瞬间，我都会想起她。

我想起她穿着帆布鞋走向我的身影，也想起她面无表情时冷若冰霜的样子。我想起她经常喝的酸奶，也想起她的白色羽绒服。我记得她不高兴的时候，对我说"今天心情不太美丽"的语气；也记得给她解答数学题时，她对我说"你怎么这么厉害"

Bu fu qing chun
ye man sheng zhang
不负青春，野蛮生长

的神情。

不知道现在给她讲题的又是谁?

有段时间我突然又贼心不死，便找到海川打听和何芸在一起的男生的消息，而海川却闭口不提。

他说："我不希望你恨他。"

我说："好吧。其实知道了也没用。"

我开始适应没有何芸的日子，和兄弟们一起出入网吧和台球厅，用心把月考、期中考、期末考每一科所犯的每一个小错误搞定。随着高考一天天临近，日子变得波澜不惊，谁也没心思再顾及旁人。

最终我顺利地考上了一所还不错的大学，而何芸因为成绩不理想选择了复读。有时候我甚至会觉得，也许正是因为自己把放在何芸身上的心思用在了学习上，才能取得这样的好成绩。

九月，我远离家乡，开始期待已久的大学生活。

刚开始，一切都很新鲜。我参加了不少社团，认识了不少新的朋友。我感到前所未有的自由，但总觉得心中空落落的少了些什么。

期中考试的时候，看到一个朋友的签名写着：大学的十六分之一就这样过去了。

我不禁扪心自问，自己这几个月以来都做了什么？想来光鲜靓丽的生活，实际却过得异常空虚。我回想起高中那些简单的日子，虽然平凡，却很充实。我想起了何芸，同时生出一种联系她的冲动，这种想法一旦出现，便再难遏制住。

我试探性地发了短信给她，她竟然回复了我，我们约定在一个她不忙的时候通电话。在电话里，我们谁也没提那个曾经跟她在一起的男生，我随便讲了讲大学生活，给她提供了一些学习建议，这让我感觉似乎又回到了高中，坐在她对面给她讲解数学题的时候。

在那次通话之后，我们开始了电话交流。为了不打扰她复读，这样的交流始终维持在一个很低的频率。

大学的第一年，我试图追过几个女生，却都是一时热情，很快便丧失了后劲儿。或许是因为心中还对何芸抱着一些幻想？我不得不承认，有这个原因。

再次参加高考，何芸的成绩比去年提升了很多，她决定不再复读了。得知这个消息，我替她感到开心。我相信这一年跟她的电话沟通，对她应付考试、调整心态，都起到了积极作用。她说想请我吃饭作为感谢，我欣然答应。

暑假，我终于和何芸见了面，她依旧那么美，人变得更加

Bu fu qing chun
ye man sheng zhang
不负青春，野蛮生长

成熟了。她穿一件短袖 T 恤衫，一双帆布鞋，一条及膝短裙，那种对未来充满期待的阳光灿烂的样子，让我不知不觉心跳加快。那时距离我们上次见面，已经过去了两年多，距离我第一次见她，已经过去了十年。

作为见过世面的大学生，我侃侃而谈，把自己一年的经历全都讲给了她听。她一直在笑，眉眼间全是憧憬。

到最后，话题终于被我引到了那个男生身上。

"那哥们儿最后去了哪个学校？"我问。

"不知道，似乎是省内某个三本学校吧。其实高三下学期我就已经不想和他在一起了，复读的时候完全没联系过他。"她说。

我一时惊讶得说不出话。

"但是高三下学期的时候，我依然看到过你们出双入对。"我说。

"如果跟他分手，他也许会受很大打击，我担心这样会影响到他的高考成绩。"她说，"所以才一直维持和他的关系，直到他毕业。"

"那我呢？你就不怕跟他在一起后，我受到更大的打击？"我内心深处的某个伤疤被揭开了，虽然已经不再冒血，但还是疼了一下。

"你不一样啊。我觉得，你的心理承受能力比他强多了。"何芸眼中藏着笑意，不知是在赞扬还是在调侃。

"是吗，所以你就选择了一个心理承受能力差的当男朋友啊？"我问。

"嗯，当时是那么想的。不过后来在我复读的这一年，我发现了一个让我自己都很吃惊的事实。"

她顿了顿，抿了一口咖啡，看向我的眸子变得更加深邃，说："说来也奇怪，我完全回想不起来高三这一年和他在一起的时候发生过什么事情，脑袋里却频频涌现和你在一起的点点滴滴。那些场景、你跟我说过的话，清晰地浮现，就像个小喷泉，止也止不住。"

"高考之后，我一直很想见你。又不知道你是否忙于大学生活，所以也没敢给你发太多消息。就在刚才，来这里的路上，我甚至都紧张得手心冒汗。"

她顿了顿，犹豫了一下又说："不信你看。"

她把手伸到我面前，修长又白皙，掌纹清晰地从手心展开，这是我第一次如此细致入微地观察她的手。

"然后我就一直在想，究竟为何会想不起和他在一起时候

Bu fu qing chun
ye man sheng zhang
不负青春，野蛮生长

的事，反而对你的事记得这么清楚？按理说，和我谈恋爱的是他，不应该会出现这种情况。你能明白这是为什么吗？"何芸反问道。

这些话带着某种魔力，影响了我的思考回路，让我觉得虽然已认识她多年，却仿佛直到此时此刻才与真正的她相识。我内心此起彼伏，思绪翻涌不止："如果没有他的记忆，就说明何芸根本不在乎他。既然她对我还念念不忘，就说明……"

"这个问题确实比较棘手，一时半会儿我也想不出答案……不如我们一起来试着解答看看吧。"我说，直直地盯着她已有些发红的面颊。

三年前与何芸一起看电影的时候未能牵到的手，此刻就在我的面前。

这一次，我毫不犹豫地伸出左手，牵起了她的右手。

——所有食材都已经放进火锅，一白一红的鸳鸯锅里，水沸腾着，热气冒起来，在到达我们交错的视线前迅速消失。Elena 似乎已经吃饱了，呆呆地盯着浮上来的牛肉丸。

Bu fu qing chun
ye man sheng zhang
不负青春，野蛮生长

我会一直记得你

春节刚过，我像一只没来得及在冬天到来前飞回南方的大雁，急匆匆搭乘火车从北方极寒之地跑到了广州，开始了实习生活。

踏进公司大门的一瞬间，想象和现实的巨大落差就给我带来了沉重打击。放眼望去，一片匆忙，我不会进错了公司吧？我正想着，前台看我风尘仆仆、东张西望的样子，拦住我要登记信息。

"我是来实习的，我叫吕斯勤。"

"你好，我是Elena。"我面前低我一头的女子微微抬起头，双目直视着我，伸出一只手。短发，圆脸，大眼睛，小麦色皮肤，散发着一股自信的魅力。

我连忙"哦"了一声伸出右手握住。

站在旁边的公司人事说："那这个实习生就交给你了，Elena。"

于是第一天上班，这个 Elena 成了我的新上司。

第二天我到得很早，坐在座位上战战兢兢地等待 Elena 的安排。我四周看了一圈，发现她好像还没到。这时，一女子脚踩高跟鞋，身影渐近，我眯起双眼望着她，犹豫不决地问了一句："是 Elena 吗？"

Elena 被我的问题弄得哭笑不得，回答我："当然是我，昨天才见过怎么今天就忘了？"

"我脸盲，昨天见了太多人……"我真的脸盲，并为此感到尴尬。

"好吧，明天你可别再忘了。"Elena 说，"正好我旁边的位置空着，你搬过来吧。"

一晃半天过去了，我一面斜眼观察这个新上司，一面看公司的业务资料。

"好像没什么事做，应该主动问吗？"我暗自揣测，"还是算了吧。"

"吕斯勤，资料看得差不多了吧？明天下午跟我出去见客

Bu fu qing chun
ye man sheng zhang
不负青春，野蛮生长

户。"Elena 突然转头对我说。

什么？我才来公司第三天就要去见客户？

见客户的时候需要穿衬衫、西裤，虽然不用打领带，不过我真的穿上之后，看着镜子中人模狗样的自己，还是感到有些紧张。到了客户那儿，我才发现其实我只需要动笔记录客户和 Elena 对话中的所有信息就行了，完全不需要搭话。虽然如此，我还是努力跟上 Elena 与客户的对话节奏。

听他们从互相寒暄到套熟人关系，再边讲具体业务、边对行业趋势侃侃而谈，我渐渐开始犯困。如果中午不睡觉，下午就会困，这是我多年来养成的习惯。

这时候 Elena 突然转向我："对吧，吕斯勤？"

我一惊，顿时清醒了一半，对客户说："是啊，你们公司出的 APP 和微信公众号我都关注了，最近的优惠确实不少。"还好我刚刚没有完全睡着，才能反应过来。

于是对话继续在轻松愉快地氛围中前进。三小时后天色将晚，我和 Elena 终于结束了拜访。走在去地铁的路上，Elena 对我说："今天你表现还可以，以后也得提前做功课，明早发我会议纪要。"

"好。"我积极响应上司的命令。

其实人和人之间的交流是相互的，你总能感觉到跟某些人气场不和，跟某些人搭不上话，天生不属于某个圈子，天生就和某些人自来熟。

我向来喜欢比我大的女生，或者至少我能够讨好比我大的女人。这里有个年龄范围，我初步估计是比我大一到十岁。在这个范围内，撒娇卖萌，感情咨询，情绪引导，生活杂谈，都是我拿来与对方沟通的方式。

于是我很自然地在 Elena 心中建立了好印象，竖起了一块纯情男生的牌坊。接下来的两三周，我对公司的业务越来越熟悉，频频与 Elena 一起出差或加班。

加班的时候，Elena 会很严肃地指挥我做这做那，还不忘传授一些工作上的经验之谈。但这样的情况只出现在一切才刚刚开始的时候。等我们熟了之后，她便开始随性地哼唱小时候的儿歌，我也非常配合地开始唱流行歌曲，整个氛围变得自然而融洽。

我没花多久便看到了 Elena 比较真实的一面，当然前提是我也把我真实的一面暴露出来。

有一次我们用半天时间见了两个客户，在见第二个客户之前，她带着我进了一家便利店，请我吃东西。

Bu fu qing chun
ye man sheng zhang
不负青春，野蛮生长

"每次见完客户，都觉得消耗了很多能量。"Elena 一边对她工作时开小差这事振振有词，一边在商品货架前流连，露出女性常有的逛街表情。

"好吧，反正我可以免费吃东西，何乐而不为呢？"我心想。于是我随手拿起一块蛋糕，仔细一看，上面竟然印着"First Kiss"。

看到这两个单词，Elena 瞬间少女心萌动："就要它了！"

由于我是被请的一方，也不好意思说我要吃烤肠。没想到Elena 突然问："你……这个应该早没了吧？"她手指着那两个英文单词，"毕竟年纪都这么大了……"

作为一个男性，我真的很想说："是啊在我还是个小学生的时候就被班花夺去了 First Kiss，哈哈。"但是问题的关键是，我的 First Kiss 还在啊！

此时此刻，男人的面子和诚信展开了激烈的交锋，我一时语塞，只发出一声含混不清的"这……"。

多年以后，当我回想起那一时刻，因为不想吐露真相而面红耳赤的自己，真想给自己一个嘴巴，骂一声真没用。

当我和 Elena 聊得很投机、气场比较合拍的时候，她便开始给我提供很多工作之外的建议。有次我们见完客户时间还早，就没有各自回家，而是一起先回了公司。

路上，她说："斯勤，你今天表现还不错，但是有一点很大的问题。"

我说："愿闻其详。"

她说："你少跟我文绉绉的，你知道是哪里的问题吗？"

我说："嗯，难道是插话的时机不对？还是没有跟客户的美女 Asistant 进行更多眼神交流？"

她说："NO！是你的衬衫和你本人非常不搭，你到底会不会买衣服啊？"

实话实说，我的审美一直处于原始阶段，如今这个层次的审美，都是在过去令人追悔莫及的若干次错误购买的基础上建立起来的。只是目前看来，这样的审美与 Elena 的要求还是相去甚远。

"嗯，我是不太会挑……"

"没事，今天周五，晚上你跟我去附近的商场挑一下吧。"Elena 说，眼里露出打扮我的欲望，"放心，我的审美没得说。"

每个女孩都有打扮自己和打扮他人的欲望，聪明的我通过细心的观察早就发现了这一点。但是听到 Elena 要帮我挑衣服，我竟然脸红了，连忙答应下来，心里高兴得很。

一个念头在心中翻腾："女上司陪我逛街耶！女上司陪我逛街耶！女上司陪我……"

我从这个念头中再次回过神来的时候，看到夕阳照在了Elena脸上，给她的小麦色皮肤抹上了一缕温柔的色彩。

那美好的画面感在一瞬间激活了我的恋姐情结。

中国人常说"日久见人心"这句话，意思有可能是，相处时间长了，通过观察一个人的行为，了解到这个人的某些品质，也有可能像我一样，经常旁敲侧击地进行八卦活动。

随着八卦活动的频繁发生，我了解到了这位资深职场白领的恋爱历程和工作经历。后来我才知道，这些经历也影响了她之后的人生，和她在感情上的判断和决策。

我们的女主角上学比一般人早，所以当周围的人都开始饥渴地寻找另一半，年轻的她还对谈恋爱没什么概念。

这时候一般会出现一个渣一样的前男友A，对她展开死缠烂打的甜蜜攻击。

女主是个冰雪聪明、亭亭玉立却涉世未深的少女，不明白男人这种动物的险恶，在A每天等她下课、和她一起吃饭、送她回宿舍等行为的刺激下，加上暧昧的舆论环境的催化，女主终于答应了和 A 在一起。虽然也许女主自己也没有弄清楚究竟为何。

然而时间就这么飞逝，毕业后她和 A 都进了同一家公司，A 被派到大连常驻，她为了能离 A 近一点，放弃了在广州工作的机会，跑去了东北。

最后的结果当然还是分手了。

问起原因，我们的女主说："当初稀里糊涂和 A 在一块，其实并没那么喜欢他，他不是那个对的人。后来去东北，觉得自己是为爱牺牲，实际上是用这种行为来威胁对方，让对方觉得我都为他做到这个地步，他怎么敢不对我好？或者也可以说是在感动自己吧。"

"选择了错误的人是基础，在这个错误基础上做出的任何自认为正确的事，从根本上来说都是错的。"

至于第二段感情经历，说起来更是让人唏嘘。姑且称那段感情经历的男主角为渣男 B。

渣男 B 是海南人，在广州拼搏。那时候女主已经和 A 分手两年，从东北回到了广州，认识了 B。B 是一个对自己非常不自信的人，想要在一线城市奋斗出一番成绩，却并不顺利。与女主在一起一年后，他提出要回海南老家。

Bu fu qing chun
ye man sheng zhang
不负青春，野蛮生长

彼时的女主已经从小女孩出落成企业白领，工作了四年的她，开始想到结婚的事情了，于是提出跟 B 一起回海南，却被 B 拒绝了，于是两人只能以分手告终。

关于这段经历，我们的女主不仅总结了分手原因，还给我了一条重要建议："吕斯勤，男人不要想先闯出一番事业，再结婚，你们的女友是等不起的。所谓成家立业，先成家后立业，才是正确的逻辑顺序。我的很多大学同学都是成了家之后，才做出了一番事业，没成家还在飘着的，到现在始终高不成低不就。"

"另外，其实 A 和 B 都不是渣男，只是要么不合适，要么时机不对罢了。"

"那么，问题来了，Elena 你目前单身吗？"我问。

"你今天已经问得够多了，吕斯勤。"Elena 在高速上一边开车一边说，"不如来谈谈你自己的感情史吧。"

"嗯……你还是专心开车吧。"

"等下，你把地图打开，我好像走错了路。"

作为一名资深的销售，Elena 有自己身为女性的优势，非常善于撒娇卖萌搞定各种客户。作为一个善良的上司，她会照顾到我的面子，不在大庭广众下让我难堪，但依然给我提了很多中肯的建议，也给了我很多锻炼的机会。

作为一个职场老手，她和公司老板的关系一直很好，在面对大企业客户的时候显示出了极高的专业度，果断、干练、效率、有钻研精神。

"我们下半年一起，把业务量做到三百万元吧？你做一百万元就好，我负责剩下的二百万元。"

Elena兴冲冲地跟我讲述她的规划的时候，我突然觉得她很迷人。会有这种感觉，是因为我内心正在迷茫和纠结，也充斥着焦虑和不安。

那个时候我还是个菜鸟，一个彻彻底底的菜鸟。我不懂自己的优势和劣势，擅长和不擅长做的事分别是什么。我心气高，想法多，总想与众不同。但是我效率低，对事情的看法和态度很多时候都很幼稚却不自知，能力不足却自视甚高。

所以有些时候，我根本不知道做错了什么，却惹怒了Elena。越近的关系，会引起越高的期望，而期望越大，失望也会越大。她生气时候的眼神，一开始非常恐怖，后来又变得有些失望。这种失望不只是对我的不满，更多的带有一种恨铁不成钢的情绪。

这样的情况出现过几次，而那几次我彻夜难眠。

Bu fu qing chun
ye man sheng zhang
不负青春，野蛮生长

所以，当我听到 Elena 说要一起把业务做大的时候，心情突然间好了很多，对 Elena 充满了感激之情。接下来当我看到 Elena 竟然给我带了一份她在家里做好的盒饭的时候，我心里简直升起了一个太阳。

打开盒饭一看，里面有鱼、芹菜、白菜、红烧肉，我心里简直乐开了花。

"别误会啊，这只是因为今天中午有人请我吃饭，我带来的饭又不想浪费。"Elena 看我傻笑的样子，补充道。

"好的好的，放心放心，没误会没误会。"我一边狼吞虎咽，一边回应她。

下午快三点的时候，Elena 才回到公司。她雀跃地坐下来，心情很好的样子。

"我有个小秘密，但是我不想告诉你。"Elena 突然转过头对我说。

"哦。"我说。

"你这是什么反应……"

"啊？"

"你难道不知道，女生跟你说这句话的时候，就是要让你问嘛？"

"哦。"

"……"Elena 一阵语塞，"好吧，其实中午我喝酒了。"

"……就这个秘密啊？"

"嗯。"

这算什么秘密，我心想。

"我还以为你是想告诉我 5 是你的男友呢。"最近一个月，我频频看到 Elena 手机亮起来的时候，上面没有显示人名，反而显示了一个数字"5"。我猜是她给她男朋友的代号。

"你怎么知道？"Elena 显然很惊讶。

"其实我就随便一猜……"我说，禁不住佩服起自己细腻的观察能力。

"你知道了我这么多秘密，可不能随便告诉别人！"Elena 假装面露愠色。

"放心放心。"我笑着调侃。

我发现 Elena 最可爱的地方，还是在于她内心深处像小女孩一样的个性。

这样一种个性，让她时刻对新鲜事物保持好奇，让她在和我一起加班的时候哼唱儿时的歌谣，让她在我八卦她的时候反过来八卦我，还让她保留着一些对生活的向往。

227

Bu fu qing chun
ye man sheng zhang
不负青春，野蛮生长

实际上，与此同时我内心深处却升腾起一股悲伤。一种我喜欢的人因为现实的原因不会跟我在一起，甚至不会也不能向她表白的惆怅和遗憾，向我袭来。所以后来她跟我聊起现在的男朋友的时候，我总是暗示她应该分手，而不是选择和 5 结婚。因为我不希望她结婚，即使我只当她是我的姐姐。

在我即将结束实习的前两周，Elena 突然跟我说，她可能要离职了。

"为什么？"我问，"不是做得好好的吗？"

"你只看到了表面……"Elena 说，"我把盒饭给你的那天，是我之前的老板请我吃饭，想把我挖回去。"

"可是你不是说要一起做三百万元的单吗？"我有点激动。

"其实那时候我前老板已经联系过我了，但我还没下定决心离开。"Elena 说，"对不起，可能不能在一起工作了。"

看着她为难的眼神，我内心百感交集。

"别这么低落，我还不一定会走呢。"她又说。

这句话仿佛让我重拾希望一般，不过我还是很理智地说："如果有好的机会，还是跳槽吧。"

于是工作还是按照之前的节奏进行，转眼就到了我实习的最后一天。

晚上下班，我们来到一家火锅店，Elena 准备请我吃一顿大餐作为送别。我点好东西，看服务员开启开关，默默地等待水在锅里沸腾，想到 Elena 可能从公司离职的事情，情绪有点儿低落。究竟是因为不舍她离开，还是想到毕业后入职时无法再见到她，担心没有人照应？我不知道。

"我决定走了。"她说。

这个决定我已经预感到了。在一些我不喜欢的事情上，我的预感总是很准。

"作为一个比你多了五六年工作经验的人，我也建议你毕业后还是另找一家公司吧。"

"啊？为什么？"我表示很吃惊。因为我觉得这家公司还不错。

"等你真正入职就知道了。公司的业务市场不大，各种制度也并不完善，一直在亏损，老板连方向都没探索清楚。"Elena 说，"我已经跟老板说过我要走了。"

"我们的客户不是都挺强大的吗？"我问。

"客户是很强大，但越是强大成熟的客户，我们的服务越不是必需的。"Elena 说，"你应该也发现了，我们做的单每次都会打半折成交，有时候甚至三折、一折。"

Bu fu qing chun
ye man sheng zhang
不负青春，野蛮生长

"嗯。"确实是这样。

"我告诉你一个事实吧。"她说。

"我家里之前有一个花盆里栽了三株同样的花，养了三个月，一直没怎么长。我就觉得很奇怪，因为这种植物不应该长这么慢。后来阳台上的露天小花园修好了，我就把这三株花移植到花园里。你猜后来怎样？只过了一个月，三株花都比以前长高了一半。"

"当时我就想，就算你能力再强，如果选错了行业，在一个市场很小的圈子里混，也不会赚钱，出人头地。现在这家公司就是那个小花盆，你就是里面的一株花，如果不去更广阔的平台，是不会有好的前景的。"

Elena 在说话的时候，一直很真诚地看着我，我知道她是真心这么想，真心为我好。但年少无知的我，还是想要固执地尝试一下。

"你说得是没错，但我还是想努力一把试试。"我坚定地说。

我丝毫没有意识到，潜意识中，我不是不想离开，而是害怕自己无法找到新的工作。

所有食材都已经放进火锅，一白一红的鸳鸯锅里，水沸腾着，热气冒起来，在到达我们交错的视线前迅速消失。Elena 似乎已经吃饱了，呆呆地盯着浮上来的牛肉丸。

"你实习结束之后什么打算啊？直接回学校？"Elena问我。

"不，我打算出去玩玩，算是毕业旅行吧。"我夹起一个牛肉丸。

"去哪啊？"

"广西、云南，都可以，不过我可能会先去广西桂林和阳朔吧，离广州比较近。"我说，又夹起一个牛肉丸。

"阳朔？我之前还在那的青年旅社做过义工呢。"Elena说，"大概有半年的时间吧，当时我刚从第一家公司辞职，不想马上找工作，就跑出去玩了。"

"哦？那我到时候可得去看看。"

我脑海里突然回荡起了陈奕迅的《好久不见》，说这话的时候看起来我是在应付，实际上我已经下定决心，一定要去，明天就去。

吃完饭，我们走到珠江新城附近，正好能够看到小蛮腰在前方闪烁。广州五月份的夜晚，我们朝着广州塔，最后一次作为同事一起散步。

"我到广州已经十年了，之前出差也去过上海、北京、深圳，但我都不喜欢。以前在广州上大学的时候，我经常会一个人跑

Bù fù qīng chūn
ye man sheng zhang
不负青春，野蛮生长

到这边来吃火锅，然后朝着小蛮腰散步。也许我会如此留恋广州，就是因为这座塔。"Elena 指着小蛮腰说，"有机会你应该上去看看，看看整个广州。"

"嗯，好啊。"我说。

"你还年轻，我相信你。"Elena 说，"不像我，已经折腾不动了。"

Elena 今晚一直在一个比较低沉的情绪里。我不知道该说什么好，只得说："我觉得你也还年轻啊。"

我说的是真心话。

"年轻……"Elena 喃喃自语，声音细小，"我已经不再年轻。"

于是话题转向了和年龄最密切相关的问题——婚姻。

"我觉得你还年轻，所以我个人不建议你跟 5 继续交往。"我说。

"为什么？"Elena 问。

"正如你所说，他比你大，急着结婚，实际上并没有那么爱你。"我说，"这是其一。"

每当我在思考的时候，我就会说"这是其一，这是其二，这是其三"来为自己增加思考时间。

"其二，他的个人能力和水平，跟你还是有差距的，价值观世界观什么的也有出入，在一起时间久了会尴尬、合不来、矛盾重重。其三，最关键的是，你真的还年轻，你这么好，会遇到更好的人。"

"嗯，有道理。"Elena 说，"我会再仔细考虑考虑的。不过，你小子都没怎么谈过，凭什么对我指手画脚？"

"呃……"我一时语塞，"我的理论基础全部来自生活，曾经帮助过不少女性走出感情困扰。"

Elena 白了我一眼，混杂着不屑与温柔的眼神，仿佛是回想起了过去。暗淡的灯光下，我眼中的她看起来好像变成了那个刚刚上大学的女孩，当初我八卦她的情感经历时，在脑海中曾经想象过那个女孩的样子很多遍。

一瞬间，某种情绪蹿升而上，直逼我的阈值，需要立刻找一个出口喷薄而出。我很想告诉她我喜欢她，但应该不是爱情，也许只是单纯希望她过得更好。

可是我的语言系统却由大脑中一些不受控制的版块控制着，于是我问了句："跟我在一起，你会觉得尴尬吗？"

这问题问得有点暧昧，完全没有把我的想法阐述清楚。后来我仔细想想，这句话的意思翻译过来其实是："你要是选择5，还不如选择跟我在一起"。

"不会啊，"Elena 说，"不尴尬，很自然。"

"哦，那就好。"

然后我的情绪就像被捅了一个窟窿的气球里的气，消化在了空气中。

我们来到了地铁口，到了告别的时刻。

"我们还会再见吧。"我说。

"嗯，应该会的。"她说。

"我明天就去阳朔，我会给你带礼物的。"我说。

"嗯，工作的事你自己想清楚，以后我们还可以经常见面聊天的。"她说。

"好，你打算什么时候结婚？"我问。

"明年吧，如果真的要结婚。虽然我现在还不确定。"Elena 冲我笑了笑，"我走啦，拜拜。"

"拜拜。"

我们上了相反方向的地铁。

回到租的房子里，我订了第二天去阳朔的火车票，然后在黑暗中沉沉睡去。

几天后，阳朔大雨，我在 Elena 曾经做过义工的青旅里，给她写明信片。

我希望能打听到她在这里留下的"痕迹"。心想着，是否再见面的时候，跟她有更多的话题，对曾经在这里待过的她更了解一些。

然而，人往往是一厢情愿的生物。这里没有人记得她，因为许多义工都是刚来不久。

在这里待了很久的那个女孩，也茫然地摇摇头，对我说："我每年都要遇到好多来做义工的人，如果她做的时间不长，肯定没什么印象。就算一起朝夕相处了几个月，对于两三年前的事情，也真的会忘记。"

也许，就算当初一起度过几个月的时光，印象如何深刻，可是在以后的日子我们失去了联系对方的理由，又不断遇到新的人，不断和不同的人经历更多不同的或无聊或精彩的时光时，最后的结局也只能是走向互相遗忘了吧。

想到这，我摇摇头，在明信片上只写上了一句话，然后投到了信箱里。

"谢谢你，我会一直记得你。"